The stories of the Kosoado woods.

だれかののぞむもの

岡田 淳

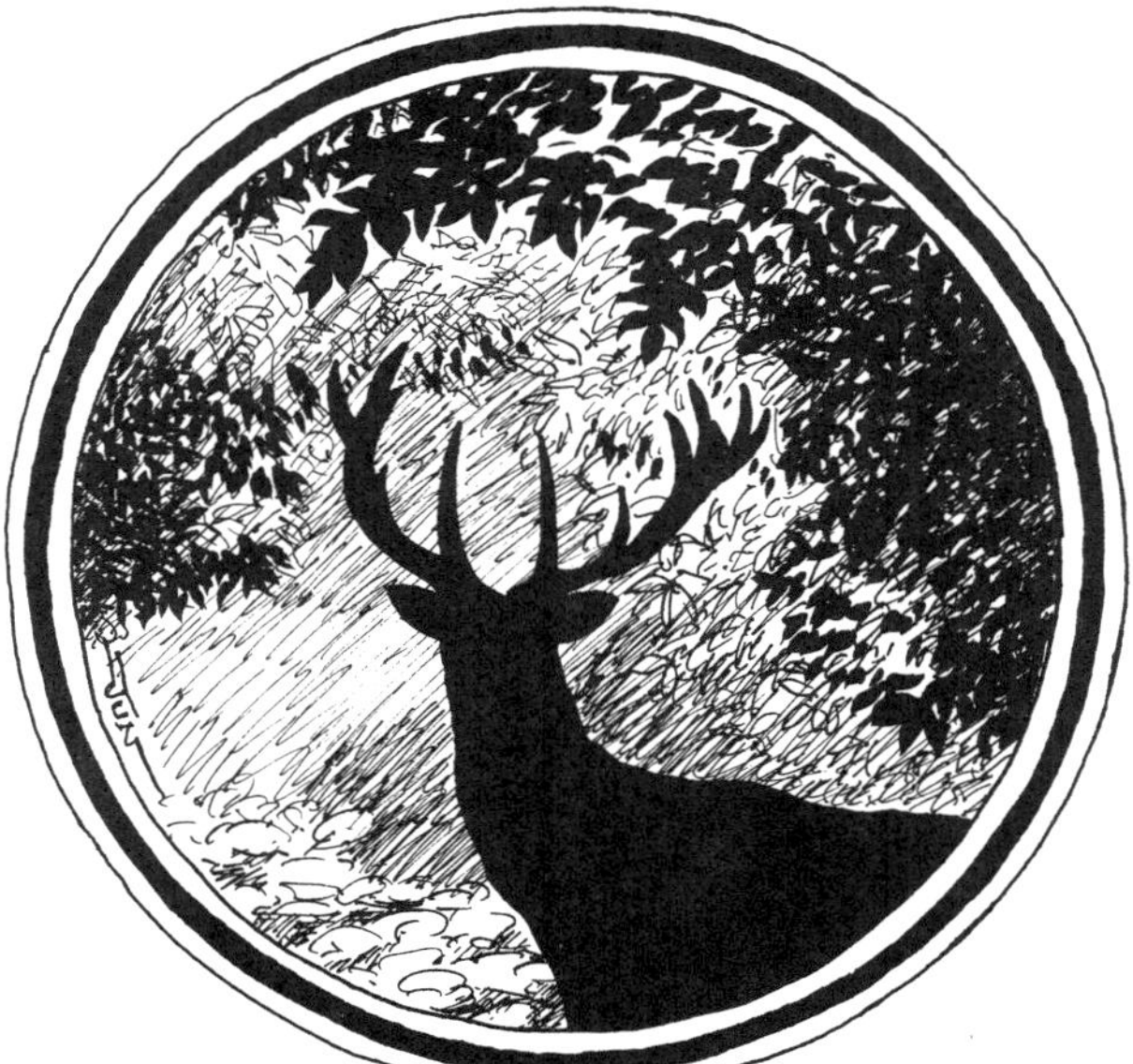

理論社

もくじ

絵・岡田淳

ふたごは
まだ眠《ねむ》っている。

湖《みずうみ》の島《しま》、巻貝《まきがい》の家《いえ》に
すんでいる。階段《かいだん》だらけの
家《いえ》である。たのしいことが
大好《だいす》きで、自分《じぶん》たちの
名前《なまえ》も、ときどき
変《か》える。

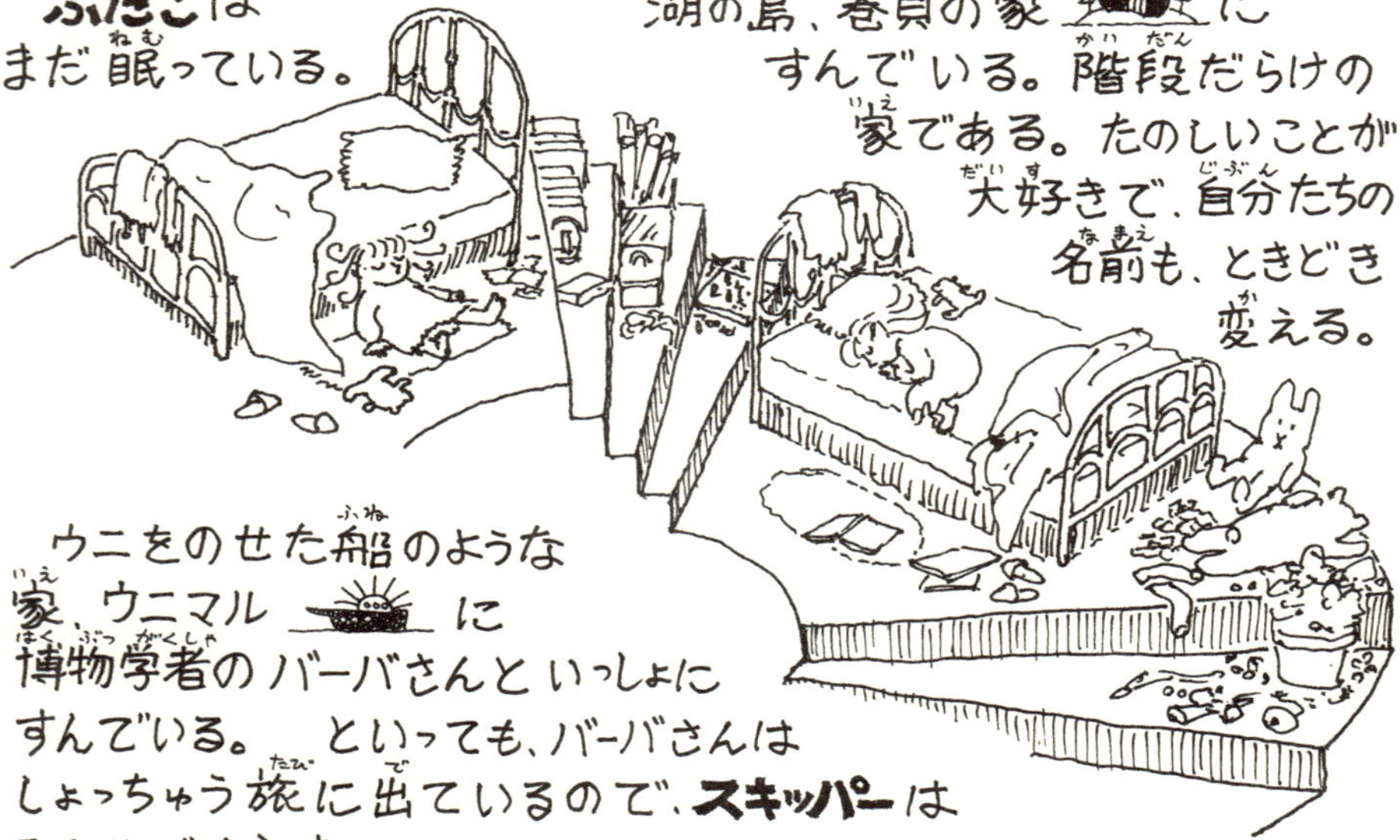

ウニをのせた船《ふね》のような
家《いえ》、ウニマルに
博物学者《はくぶつがくしゃ》のバーバさんといっしょに
すんでいる。といっても、バーバさんは
しょっちゅう旅《たび》に出《で》ているので、**スキッパー**は
ひとりでくらすこと
に、なれている。

トワイエさんは
作家《さっか》。

木《き》の上《うえ》の屋根裏部屋《やねうらべや》に
すんでいる。この家《いえ》は嵐《あらし》で飛《と》んで
きて、木《き》の上《うえ》にひっかかった。家《いえ》の中《なか》は
本《ほん》でいっぱい。これは歯《は》をみがきに
行《い》くところ。階段《かいだん》をおりて、近《ちか》くの
泉《いずみ》でみがく。夜《よる》おそくまでランプ
の光《ひかり》で仕事《しごと》をすると、朝《あさ》はねむい。

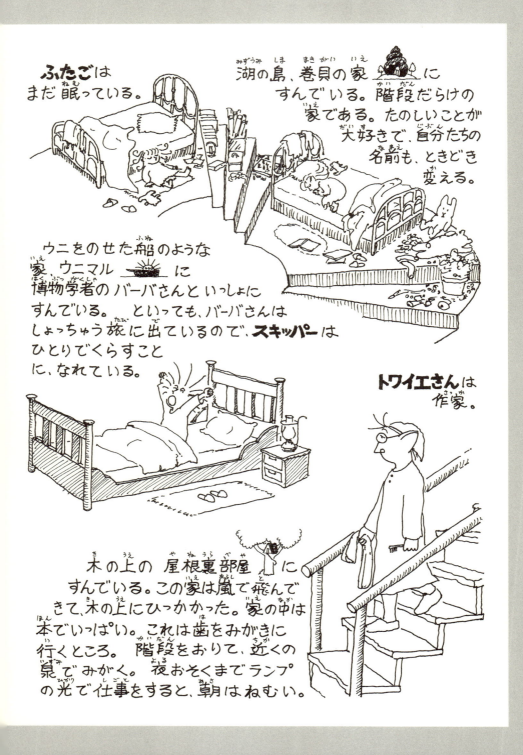

湯《ゆ》わかしの家《いえ》に
すんでいる夫婦《ふうふ》。
お客《きゃく》さまを もてなすのが
好《す》きで、家《いえ》には 十二人もの
ひとが席《せき》につける テーブル がある。

ふたりは朝食《ちょうしょく》の用意《ようい》をしているところ。**ポットさん**は畑《はたけ》からトマトをとってきた。**トマトさん**はポットからお茶《ちゃ》をいれている。

こそあどの森《もり》にすむひとたち

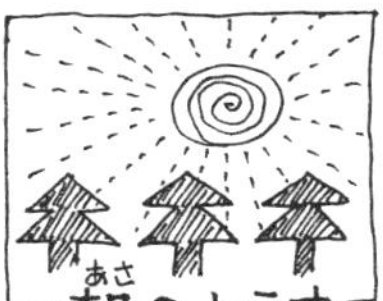
朝《あさ》のようす

こちらは朝食《ちょうしょく》の **スミレさん** と **ギーコさん**。丘《おか》のふもとの 半《はん》分《ぶん》うまった ガラスびんの家《いえ》にすんでいる。お姉《ねえ》さんのスミレさんは詩《し》やハーブが好《す》き。弟《おとうと》の ギーコさんは大工《だいく》さん。このテーブルと椅子《いす》も、ギーコさんがつくった。のマークが ギーコさんのサイン。

1 スミレさんは詩《し》に出てくるひとに出会った

ギーコさんの仕事《しごと》をする場所《ばしょ》は、二カ所あります。ガラスびんの家のなかにある仕事場《しごとば》と、家から歩いて一、二分の所にある作業小屋《さぎょうごや》です。作業小屋《さぎょうごや》に出かけるときは、香草茶《こうそうちゃ》を持《も》っていきます。仕事《しごと》のあいまにのめるようにと、スミレさんが用意《ようい》してくれるのです。

さて、ガラスびんの家の外側《そとがわ》のツタがすこし色づきはじめた、秋《あき》のはじまりのその朝――。

スミレさんは香草茶《こうそうちゃ》のポットを持《も》ったまま、首をかしげました。作業小屋《さぎょうごや》に出かけるはずのギーコさんが、ポットをうけとりもせず、玄関《げんかん》のあたりでぼんやりと立っているからです。スミレさんはつぶやきました。

「扉《とびら》を押《お》し開《あ》け、風に一歩を踏《ふ》みだすか

椅子《いす》に腰掛《こしか》け、ほんの一杯茶《いっぱいちゃ》を飲《の》むか」

「え？」

ギーコさんは夢《ゆめ》からさめたようにスミレさんを見ました。

「外は、風が強いって？」
「そんなことは、いってません。
　扉《とびら》を押《お》し開《あ》け、風に一歩を踏《ふ》みだすか
　椅《い》子《す》に腰《こし》掛《か》け、ほんの一杯茶《いっぱいちゃ》を飲《の》むか
　これは、詩《し》よ」
「詩《し》？」
「そう、ギーコさんが作業小屋《さぎょうごや》へ行くのか行かないのか、心が決《き》まらないみたいにぼんやりしていたから思い出したの。
　この詩《し》の主人公《しゅじんこう》は、あるものをさがして旅《たび》をしているわけ。でもなかなか見つからないの。何年もよ。だから、だんだん元気もなくなってくるでしょう。そんなある日、宿《やど》を出るときに、まようわけよ。
　扉《とびら》を押《お》し開《あ》け、風に一歩を踏《ふ》みだすか
　椅《い》子《す》に腰《こし》掛《か》け、ほんの一杯茶《いっぱいちゃ》を飲《の》むか

ね、どうするって……？」

「どうする？」

「ギーコさん、あなたのことよ。作業小屋《さぎょうごや》に出かけるのか、いすに腰《こし》かけ、ほんの一杯《いっぱい》お茶《ちゃ》をのむのかってこと。お望《のぞ》みなら、どんな詩《し》なのかもっとくわしく話してあげるわよ。ちょうどコーヒーがはいったところだから」

「じゃあ、コーヒーをのみながら話をきかせてもらおうかな」

ギーコさんの返事《へんじ》に、スミレさんはすこしまゆをあげました。詩《し》の話なんてききたくないだろうと思っていたからです。スミレさんは、香草茶《こうそうちゃ》のポットは手近な棚《たな》において、台所《だいどころ》へコーヒーをとりに行きました。

「この詩《し》は長いの。一冊《さつ》の本全部《ぜんぶ》がひとつの詩《し》。詩《し》でできた物語《ものがたり》なの。題名《だいめい》は『旅《たび》の勇者《ゆうしゃ》の物語《ものがたり》』。第《だい》一部《ぶ》と第《だい》二部《ぶ》にわかれていて、第《だい》一部《ぶ》の主人公《しゅじんこう》はモノノフノイサト。第《だい》一部《ぶ》では勇《いさ》ましいというか、血《ち》なまぐさいというか、戦《たたか》いを中心とした旅《たび》の物語《ものがたり》が語られるの。

あたしが好《す》きなのは第《だい》二部《ぶ》。第《だい》二部《ぶ》の主人公《しゅじんこう》はモリナカノタビト。タビトはイサトの親友《しんゆう》で、第《だい》一部《ぶ》で何度《なんど》もイサトに命《いのち》を救《すく》われるの。イサトは剣《けん》の達人《たつじん》だけど、タビトはそれほどではないのね。で、イサトには、ひとりの娘《むすめ》がいたの」

そこでスミレさんは、ひとくちコーヒーをのみました。

「イサトが深《ふか》く愛《あい》した娘《むすめ》がね、病気《びょうき》になったの。十才《さい》のときに」


占《うらな》い師《し》の話では、生命《いのち》の水、というものを手に入れなければ、その娘《むすめ》は二十才《さい》をむかえることはできないらしい。話をきいたタビトは、親友《しんゆう》の娘《むすめ》のために生命《いのち》の水を求《もと》めて旅《たび》に出る。

旅《たび》の途中《とちゅう》でタビトは多くの人と出会い、生命《いのち》の水について学んでいく。生命《いのち》の水は森の中の泉《いずみ》に湧《わ》き出ている、ということ。生命《いのち》の水を見分けるには、つぼみのままでしおれた花をそれにひたしてみる。それが生命《いのち》の水なら、つぼみはみるまに色をとりもどし、生き生きとした花をさかせるということ。

タビトは不思議《ふしぎ》な力を持《も》った老人《ろうじん》に出会う。老人《ろうじん》はタビトに、生命《いのち》の水をさがすには、時と場所《ばしょ》をこえた探索《たんさく》が必要《ひつよう》であると告《つ》げ、時と場所《ばしょ》を飛《と》びこえる剣《けん》をさずけてくれる。

こうしてタビトは過去《かこ》に飛《と》び、未来《みらい》に飛《と》び、東に飛《と》び、西に飛《と》び、生命《いのち》の水をさがす冒険《ぼうけん》をすることになる。

ある時は太古《たいこ》の森で凍《こお》った泉《いずみ》をさぐり、ある時は未来《みらい》の海辺《うみべ》の森で竜《りゅう》におそわれ、ふりかかる災難《さいなん》をくぐりぬけ、困《こま》ったひとを助《たす》け、冒険《ぼうけん》と探索《たんさく》をくりかえしていく。


「そういうある冬の日のことよ。タビトはつかれてはいるんだけれど、それでも朝になると出発《しゅっぱつ》しようと思うのね。宿《やど》のとびらをあけようというとき、宿《やど》の主人《しゅじん》が、お茶《ちゃ》を一杯《いっぱい》のんでいけば、とさそうのよ。するとタビトがまようわけ。

扉《とびら》を押《お》し開《あ》け、風に一歩を踏《ふ》み出すか
椅子《いす》に腰掛《こしか》け、ほんの一杯《いっぱい》茶《ちゃ》を飲《の》むか……、ってね」

「で、どうなるんだろう」

「タビトは十年間さがし続《つづ》けるの。でも、ついに生命《いのち》の水は見つけられない」

娘《むすめ》が生きていれば二十才《さい》になるという日、つかれはてたタビトがイサトの家にもどってくる。ところが十年ぶりに見た娘《むすめ》は生命《いのち》の水がなくても元気である。バラ色のほおでタビトに笑《わら》いかける。タビトは自分の探索《たんさく》はむだなことだったのかとがっかりする。すると娘《むすめ》はいう。

——わたしは毎晩《まいばん》タビト様《さま》の冒険《ぼうけん》と探索《たんさく》を夢《ゆめ》に見ていました。北の国で凍《こお》った泉《いずみ》を溶《と》かそうとなさったことも、海辺《うみべ》の森で海の竜《りゅう》におそわれたこともしっています。その夢《ゆめ》を見ることで、わたしは力づけられました。タビト様《さま》の冒険《ぼうけん》と探索《たんさく》こそ、わたしの生命《いのち》の水だったのです。

「こういう物語《ものがたり》の詩《し》なの」

スミレさんは満足《まんぞく》そうにためいきをついて、コーヒーをすりました。

しばらくだまっていたギーコさんは、えんりょがちにいいました。

「で、どうしたのかな」

「どうしたって?」

「いや、さっきもそれをたずねたんだけど……。タビトは出ていったのだろうか、お茶《ちゃ》をのんだんだろうか。その宿《やど》を出るとき」

スミレさんは、そんなこともわからないの?という目でギーコさんを見ました。

「もちろんとびらを押《お》しあけて、風のなかに出ていったのよ。ギーコさんとちがって」

ギーコさんが作業小屋《さぎょうごや》に出かけたあと、スミレさんは香草《こうそう》をつみに森に出かけることにしました。香草《こうそう》といってもいろいろあります。つんでそのままお茶《ちゃ》にするもの、かわかしてから使《つか》うもの、肉《にく》や魚《さかな》の料理《りょうり》に使《つか》うもの、そのままサラダにまぜるもの。今つもうと思っているのはミズスズシロといってそのまま食べるものです。出る前に、玄関《げんかん》の横《よこ》の棚《たな》に、香草茶《こうそうちゃ》のポットがおかれたままになっているのが目にとまりました。ギーコさんは持《も》っていくのをわすれたのです。作業小屋《さぎょうごや》まで持《も》って行ってあげようかしら、とも思ったのですが、ほしくなればもどってくるでしょうと、そのままにしておきました。

ガラスびんの家は、湖《みずうみ》につながる川の前、小さな山のふもとにあります。その小さな山と、となりの山とのあいだに、またぎこせるほど細《ほそ》い水の流《なが》れがあって、流《なが》れは川にそそぎこんでいます。スミレさんは細《ほそ》い流《なが》れにそって、十分ばかり森の奥《おく》にはいっていきました。ミズスズシロは、この流《なが》れの水が湧《わ》きだしている泉《いずみ》のまわりに育《そだ》っているのです。あたりまえのことですが、スミレさんはこういう草は、けっして根《ね》からぬきません。また、たくさんとりません。すこしだけわけてもらうのです。

香草《こうそう》をつんだあと、スミレさんはモリナカノタビトのことを思い出しました。なにしろ森のなかの泉《いずみ》です。

「まさか、ね」

そうつぶやきながら、まわりに目を走らせました。すると、用意《ようい》されていたように、つぼみのまま立ち枯《か》れている一茎《ひとくき》の野アザミが見つかりました。それを折《お》りとると、しゃがみこんで泉《いずみ》の水にひたしてみました。いくら待《ま》っても、枯《か》れたつぼみのままでした。

「そりゃそうよね……」

手をはなすと、枯《か》れたつぼみは湧《わ》き出る水にくるりとまわって、小さな流《なが》れに出ていきました。

スミレさんはくすんと笑《わら》って、肩《かた》をすくめました。それから気をとりなおすように立ちあがりました。

ガラスびんの家までの道の、半分くらいまでもどったときのことです。ぎくりとして、足を止めました。

そのあたりは太《ふと》い幹《みき》の古い木が多いのですが、一本の木の根元《ねもと》に何かがいるように見えたのです。こそあどの森ではクマやオオカミを見たことはありません。が、遠くの森からやってこないともかぎりません。

目をこらして足音をしのばせて、すこしだけ近づきました。それはけものではないようです。ほっとしながらもうすこし近づくと、人間だということがわかりました。こそあどの森にすむだれかのようではありません。なにしろむこうむきの顔がひげだらけです。それに、見たこともない、使《つか》い古したブーツをはいています。大きなはりだした根《ね》にもたれて、一方の足はなげだし、もう一方の足はすこしまげて

います。寝《ね》ているか休んでいるか、という感《かん》じです。さっき通ったときにはここには人の姿《すがた》はありませんでした。この十分くらいのあいだにやってきたのでしょう。もっと近づいて、どきりとしました。その足のむこうに剣《けん》が見えたのです。胸《むね》がどきどきしはじめました。そっと遠まわりをして、ギーコさんにしらせよう。そう思ったとき、むこうをむいていた顔がこちらを見ました。

「おどろかせてしまいました。ご無礼《ぶれい》をお許《ゆる》しくだされ」

ひげだらけ、ではありますが、よく見るとそのひげは、きちんとかりこまれていました。おだやかな目が、もうしわけなさそうにスミレさんにむけられています。すこし古風《こふう》なことばづかいですが、声もおちついていました。

おどろいた顔と姿勢《しせい》のままかたまっていたスミレさんは、きゅうにはずかしくなりました。

「いえ、その、おどろいたというわけではありませんのよ。多少は、びっくりしましたが」

よくわからないことをいってしまいました。

「それがしは、あるものをさがして旅《たび》をしているものでござる。御婦人《ごふじん》の前で、かようにだらしなく横《よこ》になっていること、御容赦《ごようしゃ》のほどを。すこし休まなければなりませぬゆえ」

休まなければならない、ということばをきいて、はじめてスミレさんは、そのひとが右手で左手のひじの上あたりをおさえていて、しかもそのあたりに血《ち》がにじんでいるのに気がつきました。

「けがをしてらっしゃる……？」

「いや、たいした傷《きず》ではござらぬ」

「剣《けん》の傷《きず》ですか？」

そうたずねてからスミレさんは、はっとまわりを見まわしました。戦《たたか》った相手《あいて》が近くにいるかと思ったのです。

「剣《けん》の傷《きず》ではありませぬ。また、このあたりで負《お》った傷《きず》でもありませぬゆえ、ご安《あん》心《しん》めされよ」

「でも、新しい傷《きず》のように見えますが……」

にじんでいる血《ち》が、ぬれているのです。

「さよう。新しい傷《きず》……いや、御不審《ごふしん》に思われるのはごもっとも。おそらくはしんじていただけぬことではありましょうが、この傷《きず》はここからずっとはなれたある海辺《うみべ》の森で、海にすむ竜《りゅう》につけられたもの。身《み》をかわしたはずがするどい爪《つめ》に……」

——なんですって!?

スミレさんはすこしよろめきました。そういえば、服装《ふくそう》も今の時代《じだい》のものとは思えません。それに、あるものをさがして旅《たび》を

しているといいました。

「どうなされた」

「あの、もし、よろしければ、お名前を、おきかせくださいませんか……？」

「モリナカノタビトと申《もう》す」

——ああ、やっぱり！

スミレさんはもういちどよろめきました。

「いかがなされた」

タビトがからだをおこそうとするのをスミレさんは全身《ぜんしん》の身《み》ぶりでとめました。

「あ、そのまま、そのままで……。あたくしはこのあたりにすんでいるものです。スミレと申《もう》します。いま、傷《きず》の手当《てあ》ての薬《くすり》などを持《も》ってまいりますので、どうぞそのまま、どうぞどこにも行かないでお待《ま》ちください」

自分でもおどろくほど一息《ひといき》にそういうと、スミレさんは家にむかってかけだしました。

走りながらスミレさんは心のなかでさけんでいました。

——しんじられない！　しんじられない！　タビトだわ。いえ、タビトさまと呼《よ》ぶべきね。

——どうしてほんもののタビトさまがこの森にいるんでしょう。あの詩《し》はつくられたお話だったんじゃないのかしら。じゃあ、あのかたは、ちがうタビトさま？　でも話があいすぎている。あの詩《し》はほんとうにあったことだったのかもしれない。

——そうだわ！　時と場所《ばしょ》を飛《と》びこえることができるのなら、タビトさまの時代から、今のこの森にやってくることだってできるはず。

スミレさんはガラスびんの家にかけこむと、傷薬《きずぐすり》、ガーゼ、包帯《ほうたい》、強いお酒《さけ》、ギーコさんがのむはずだった香《こう》草茶《そうちゃ》のポットとカップをバスケットにいれました。そし

て走り出そうとしてかけもどり、鏡《かがみ》を見て前髪《まえがみ》のあたりをすこしととのえ、それからいそぎ足で出ていきました。

家を出たところで『旅《たび》の勇者《ゆうしゃ》の物語《ものがたり》』を持《も》って行くという考えが一瞬《いっしゅん》頭にうかびました。タビトにサインしてもらえるのじゃないかと思ったのです。けれどすぐに気づきました。タビトの冒険《ぼうけん》が詩《し》になっていて、すでに結末《けつまつ》がわかっているなんて、タビトにしらせてはいけないはずです。

海の竜《りゅう》に傷《きず》つけられるのは旅《たび》のほぼなかばでした。タビトはあと五年もさがし続《つづ》けなければなりません。それなのに、今ここで生命《いのち》の水などないことをしってしまうと、やる気がおこらないではありませんか。

――あたしはなにもしらないことにしなければ。

スミレさんは自分にいいきかせました。

――あたしがするべきことは、タビトさまを元気づけること、それしかない。

くちびるをひきしめて目をあげると、おあつらえむきの木が目にとまりました。その木の大きな葉《は》は、ばいきんを殺《ころ》して、熱《ねつ》を下げる力があるのです。スミレさんは二枚《まい》ばかり葉《は》をもらって、バスケットにいれました。

さっきの場所《ばしょ》にタビトがいるのを見ると、スミレさんは心からうれしく思いました。

さっそく傷《きず》の手当《てあ》てをしました。傷口《きずぐち》に強いお酒《さけ》をそそぎ、消毒《しょうどく》しました。そして薬《くすり》をぬってガーゼをあて、泉《いずみ》からの流《なが》れで洗《あら》った二枚《まい》の葉《は》を腕《うで》にまくようにあてて、その上から包帯《ほうたい》をまきました。

「ごしんせつ、いたみいる」

タビトが頭をさげました。

「なにをおっしゃいます。タビトさま。お会いするだけでも光栄《こうえい》ですのに、手当《てあ》てをさせていただけるなんて、あたし、うれしいんです」

おもわず本心をいってしまって、スミレさんはあわててつけくわえました。

「いえ、その、なにかをさがして旅《たび》をしているかたを、あたし、尊敬《そんけい》しているものですから」

タビトはすこしおどろいた目をしながらも、スミレさんに、にっこりとほほえみました。スミレさんはどぎまぎして、香草茶《こうそうちゃ》をポットから、カップにそそぎ、すすめました。

「あ、あの、このお茶《ちゃ》は、気分を休めて、すっきりできるんです。もしも口にあいますようなら、のんでください」

「かさねがさねのごしんせつ、かたじけない」

のんでくださるだろうか、とはらはらしていたスミレさんは、タビトがおいしそうにのんでくれたので、ほっとしました。

「スミレどの」

「は、は、はい」

とつぜん呼《よ》ばれてスミレさんはびっくりしました。

「このあたりに泉《いずみ》をごぞんじあるまいか」

これはたずねられるだろうと思っていました。でもタビトにむだなことをさせたくないとも思っていました。

「それは、特別《とくべつ》な泉《いずみ》でしょうか。それともただ水が湧《わ》き出る泉《いずみ》をおたずねでしょうか」

タビトはおだやかな、しかしまじめな眼《め》でスミレさんを見ました。

「そなたは聡明《そうめい》なかただ、スミレどの。今までに何人にもこれをたずねましたが、さようなことばがもどってくるとは……。もちろん、特別《とくべつ》な泉《いずみ》をさがしております。枯《か》れたつぼみをひたせば、みるみる花ひらくような水の湧《わ》く、特別《とくべつ》な泉《いずみ》をさがしているのでござる」

スミレさんは一息《ひといき》ついてこたえました。

「ここには、そのような泉《いずみ》は、ございません」

タビトはスミレさんをじっと見たあとで、目を落《お》としました。からだの力もぬけたようでした。

「さようか。ここにも、ござらぬか」

スミレさんはいそいでいいました。

「ここにはございませんが、タビトさまの旅《たび》は、かならずむくわれます。あたしにはわかります。これまでにも、かぞえきれないほどの苦《くる》しみ、悲《かな》しみをのりこえてこられたことでしょう。それもむだにはなりません。タビトさまが心に決《き》めたその日まで旅《たび》をお続《つづ》けください。かならず、かならず、むくわれます。けっして、むだにはなりません。いかに多くの苦《くる》しいこと、さびしいことがあろうとも、かならず満足《まんぞく》できる結果《けっか》になります。むくわれます」

タビトはふしぎそうに、熱心《ねっしん》に話すスミレさんを見ていました。やがてその顔にゆっくりとほほえみのようなものが広がり、細《ほそ》くなった目をとじると涙《なみだ》がひとつぶずつ落《お》ちました。目をとじたまままいいました。

「わかってもらえることが、はげましてもらえることが、これほどうれしいこととは思いませんでした。心にしみいります。お礼《れい》を申《もう》します。スミレどの。ありがとう。そなたのことはわすれませぬ」

タビトはいい終《お》わってからぬれた目をあげると、スミレさんを見ました。スミレさんも見かえしました。タビトは軽《かる》く頭をさげ、そっと剣《けん》の柄《つか》に手のひらをあてました。するとタビトの姿《すがた》は、まるではじめからいなかったみたいに、すっと消《き》えてしまいました。

静《しず》かでした。水の流《なが》れの小さな音と、遠くの鳥の声だけがきこえていました。

2　ギーコさんは人形に会った

ギーコさんは、ガラスびんの家の仕事場《しごとば》では、いすのかざりの彫刻《ちょうこく》のような、あまりほこりのたたない、あまりやかましくない仕事《しごと》をおもにします。戸棚《とだな》や机《つくえ》をつくるのは作業小屋《さぎょうごや》です。

ガラスびんの家の前に小川が流《なが》れています。すこし上流《じょうりゅう》に行ったところに、作業《さぎょう》小屋《ごや》があります。大きなクルミが半分うめこまれたように見える小屋《こや》です。木立《こだち》にかこまれていますが、荷馬車《にばしゃ》が通れる道が小屋《こや》の入口まで続《つづ》いています。牧場《ぼくじょう》の荷《に》馬車《ばしゃ》がやってくることがあるのです。牧場《ぼくじょう》は郵便局《ゆうびんきょく》がある町のはずれにあって、その荷馬車《にばしゃ》が町や牧場《ぼくじょう》のものを森に、森のものを町に運《はこ》んでくれます。マッチや油《あぶら》、小麦粉《こむぎこ》、卵《たまご》、缶《かん》づめを森に、山菜《さんさい》やくりやきのこを町へ、というふうに。

ギーコさんのクルミの作業小屋《さぎょうごや》に運《はこ》ばれてくるのは、製材《せいざい》された板《いた》や塗料《とりょう》、釘《くぎ》などで、ここから運《はこ》びだすのは、完成《かんせい》したいすや机《つくえ》です。

そのいすや机《つくえ》に、おまけがつくことがあります。残《のこ》りの木切《きぎ》れでつくった、小さな人形です。遊《あそ》び半分でつくっていたら、牧場《ぼくじょう》のひとに「おまけにつけてあげれば

ギーコさんの クルミの作業《さぎょう》小《ご》屋《や》

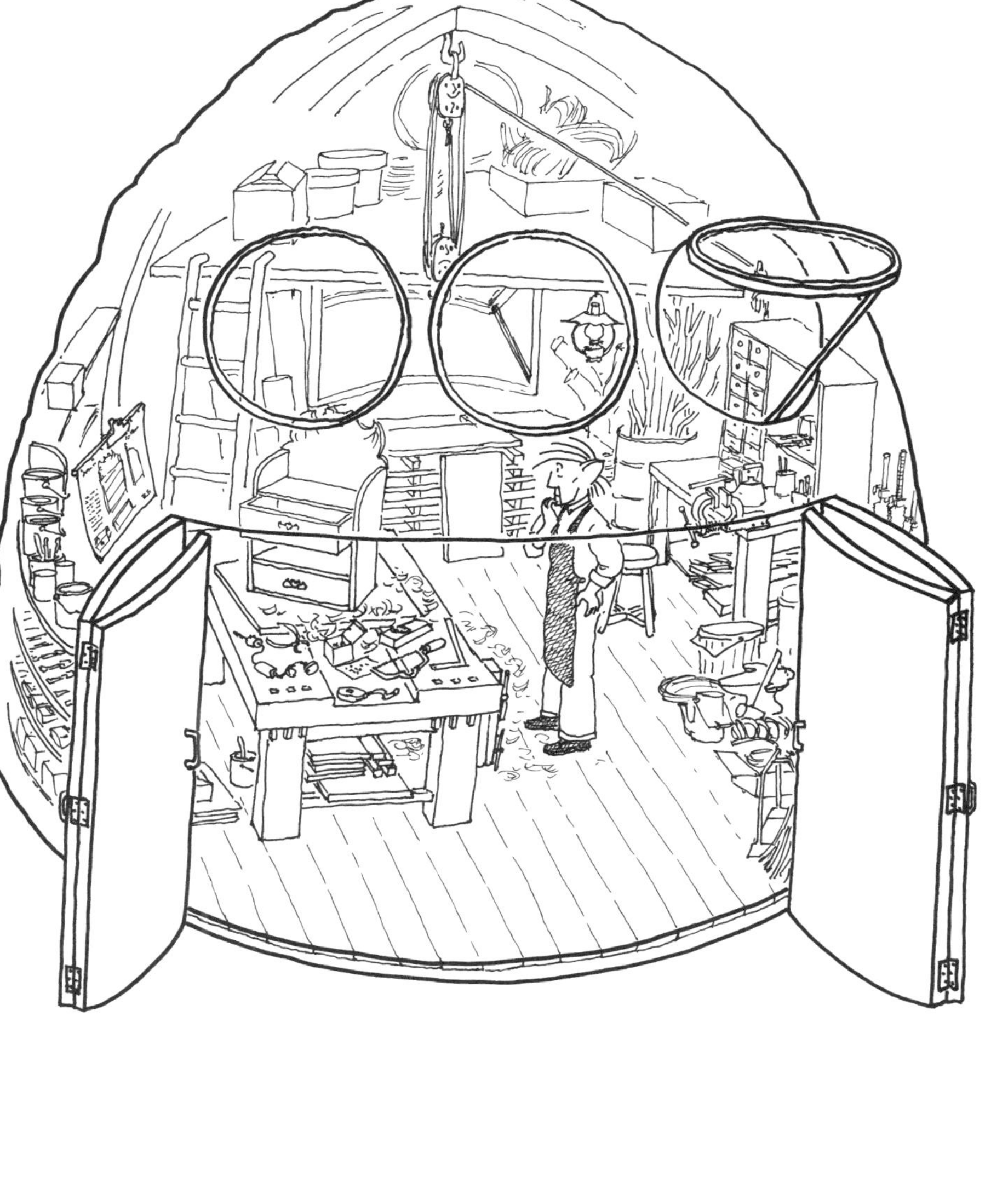

よろこばれるよ」とすすめられたのがきっかけで、ここ何年間か、製品《せいひん》がはやくできあがったときにはつくるようにしているのです。

この夏は戸棚《とだな》をたのまれました。それがうまく作業《さぎょう》がすすんで、ずいぶんはやくできてしまいました。そこでギーコさんは、とても念《ねん》いりに、おまけの人形をつくりあげました。

木切《きぎ》れから形を切《き》りだし、けずって、みがき、穴《あな》をあけて組みあわせ、ペンキでしあげました。三角のぼうしをかぶっていて、そのぼうしも服《ふく》も、赤と白のだんだら縞《じま》に、顔と手はピンクに塗《ぬ》りあげました。

首と腕《うで》と足は動《うご》かせて、立たせることも、すわらせることもできます。でも胴体《どうたい》にしっかりつながっているので、動《うご》かすとキキィと音をたてます。

からだのペンキがかわいてから、目をかきこんで完成《かんせい》です。目は点がふたつです。息《いき》をつめてかきます。かきおわったギーコさんは、思わずにっこりと笑《わら》ってしまいました。いかにもかわいらしく思えたのです。笑《わら》うだけではたりずに、

——やあ。

と、心のなかで声までかけていました。声をかけると自分でも気づかないうちに人形をにぎっていた手が動《うご》いて、こちらがわにすこしたおして、おじぎをさせていました。それだけではありません。

——こんにちは、ギーコさん、ぼくキキィ。

と、心のなかで人形にしゃべらせることさえしてしまったのです。こんなことをしたのは、はじめてです。さすがに自分でもすこしてれました。だれにも見られなかっただろうか、とまわりを見まわしてしまったほどです。

ひとりせきばらいをして、ギーコさんは、作業《さぎょう》机《づくえ》の上の小箱《こばこ》に、人形をすわらせました。そこで

目のペンキをかわかすことにしたのです。

ペンキの筆《ふで》を洗《あら》ったり、洗《あら》った筆《ふで》を雑巾《ぞうきん》でふいたりしながら、ギーコさんは人形に見られているような気がしてなりませんでした。

今までにつくったどの人形も、それぞれに表情《ひょうじょう》があり、心ひかれるものがありました。けれどこの人形は特別《とくべつ》でした。できあがったとたんに、心を持《も》ったように思えました。ですから、ただそこにある、のではなく、そこにいる、ような気がしたのです。

ペンキをかたづけて、作業机《さぎょうづくえ》の前のいすに腰《こし》をおろしました。同じ目の高さで、ゆっくりと人形を見ました。

——キキィ、か……。

心のなかでそういってみて、このキキィという名前は、人形が自分でいいだした名前だったのか、ギーコさんが人形の役《やく》になっていった名前だったのか、自分でもよくわからなくなりました。

——どちらでもいいじゃありませんか。

と、キキィがいいました。いえ、もちろんギーコさんが心のなかでいったのです。

つぎの日からギーコさんは、作業小屋《さぎょうごや》にきてとびらをあけると、まっさきに作業《さぎょう》机《づくえ》の上のキキィを見るようになりました。そこがキキィの場所《ばしょ》になったのです。

——やあ。

とギーコさんがいうと、キキィも、

——やあ。

とこたえました。

そしてノミの刃《は》をといだり、のこぎりの刃《は》の目立《めた》てをしたりしながら、ときどきキキィのほうを見ました。

——何をしてるんだろうって思ってるだろ。これは目立《めた》てといってね、のこぎりの刃《は》が切《き》れにくくなったのを、このやすりでするどくしてるんだ。

——ふうん、そうなんだ。

などと、ことばをかわしました。

もちろん、そういうことばかりしていたわけではありません。ときには、どうしてこの人形にかぎって、こんなことをしてしまうのかと、冷静《れいせい》に考えてみることもありました。

目と首のせいなのかな、と思いました。キキィの目は、ふたつの点なのにいろんな表情《ひょうじょう》に見えます。それにキキィはけっして首をまっすぐにできません。いつもすこしだけ、首をかしげています。そのために、話しかけてほしそうに見えたり、何かを考えているように見えたりするのじゃないかと思いました。

そんなことを考えるギーコさんに、

——よく考えましたね。でも、それだけでしょうか。

と、キキィはいいました。ああ、もちろんこれもギーコさんが心のなかでいったの

です。

そんなある日のことです。ギーコさんは朝から森に出かけました。かごをあむためのヤマブドウのつるを集《あつ》めに行ったのです。夕方、ガラスびんの家にもどると、スミレさんがいいました。

「牧場《ぼくじょう》の荷馬車《にばしゃ》がきていたわよ」

あしたのはずじゃなかったかなと、ギーコさんは首をひねりました。

「あしたはべつの用ができたから、一日はやくきたんだって。戸棚《とだな》を持《も》って行ったわ」

スミレさんのことばに、うなずいたものの、ギーコさんはすこし不満《ふまん》でした。時間をかけて作った戸棚《とだな》が、自分のしらないときに運《はこ》び出され、目のとどかないところへ行ってしまったことが、しっくりこなかったのです。

でもおきてしまったことはしかたありません。ギーコさんは戸棚《とだな》のなくなった作《さ》業小屋《ぎょうごや》を見に行きました。

今まで戸棚《とだな》がおいてあったところに戸棚《とだな》がないというのは、変《へん》な気分です。その気分をキキィにわかってもらおうと思って、作業机《さぎょうづくえ》に目をやって、どきりとしました。キキィがいません。

思い出しました。きのうの昼《ひる》、作業机《さぎょうづくえ》で仕事《しごと》をするとき、キキィに油《あぶら》がとんではいけないと思って、戸棚《とだな》の上においたのです。それきりになっていました。

キキィは、今までの人形と同じように、戸棚《とだな》といっしょに持《も》って行かれたのにちがいありません。そうでした。キキィはもともとおまけの人形としてつくられたものだったのです。

「それにしても……」

と、ギーコさんは声に出してつぶやきました。続《つづ》きは心のなかでいいました。

――『さよなら』くらいはいいあってもよかったな。

それが一昨日《おととい》のことです。

それからギーコさんは、何だか調子《ちょうし》がおかしくなってしまいました。きのうの朝はガラスびんの家を出るときにぼんやりしていて、スミレさんにからかわれました。おまけに香草茶《こうそうちゃ》を持《も》って行くのもわすれました。でもこれについてはスミレさんは何もいいませんでした。仕事《しごと》もあまりすすみません。気がつくとぼんやりしているのです。

キキィがいなくなったせいだとは、思いたくありませんでした。

——人形がいなくなって調子《ちょうし》がくるうなんて考えられないじゃないか。子どもじゃあるまいし。きゅうに戸棚《とだな》がなくなったせいだ。

そう思いました。

きょうの朝は、ぼんやりしないように気をつけて、香草茶《こうそうちゃ》もわすれずに持《も》って、作業小屋《さぎょうごや》にやってきました。次に注文《ちゅうもん》を受《う》けているのはひきだしのついた机《つくえ》です。まず図面《ずめん》をかかなければなりません。いつもなら半日もあればできる仕事《しごと》です。でも、きのう一日かけてもできなかったのです。

ギーコさんは仕事《しごと》にとりかかりました。紙に、机《つくえ》を前から見たところ、横《よこ》から見たところ、上から見たところをかいて、必要《ひつよう》な材料《ざいりょう》の寸法《すんぽう》を出していきます。

机《つくえ》の上の板《いた》を考えているときに、ふと、そこにキキィがすわっているところを想像《そうぞう》してしまいました。ギーコさんは大きく息《いき》をついて鉛筆《えんぴつ》をおきました。

そのとき、入り口のほうから、木のきしむ小さな音がきこえました。

ふりかえったギーコさんは、ぽかん

と口をあけてしまいました。作業小屋《さぎょうごや》の入り口のところに、キキィが立っていたのです。片手《かたて》をあげて。「やあ」というふうに。

ギーコさんは作業小屋《さぎょうごや》から走り出て、まず、まわりを見まわしました。だれかがキキィをここにおいて、ギーコさんをびっくりさせようとしたと思ったのです。けれど、ひとの気配《けはい》がまったくしません。ギーコさんはしばらくじっと立っていました。川の水音だけがきこえます。だれかがここにそっとおいて、そっと帰ったのでしょうか。

いいえ、そんなはずはありません。さっききこえた木のきしむ音はキキィの音です。自分ひとりで音を出すことはできませんから、あれはだれかがここへキキィをおいたときの音のはずです。音がきこえてすぐに小屋《こや》の外に出ました。まわりは見とおしのいい木立《こだち》で、そのうしろにかくれるほどの太い木はありません。念《ねん》のために小屋《こや》の後ろをまわってみました。ひざぐらいの高さのやわらかい草がはえていますす。ギーコさんが歩いたところだけ、草がたおれました。だれも通っていないので

す。

――ひとがおいたのじゃないとしたら、何《なに》がここまで運《はこ》んできたんだろう。サルとかキツネみたいなけものかな、と思いました。荷馬車《にばしゃ》がゆれたひょうしにころがり落《お》ちて、けものがひろったのかもしれません。鳥、とりわけカラスなどもひろいそうです。

――それなら、キキィのからだに落《お》ちたあと、爪《つめ》あと、くわえられたあとなどがついているかもしれない。

ここではじめてギーコさんはキキィの横《よこ》にしゃがみこんで、注意深《ちゅういぶか》くながめました。キキィはさっきと同じ姿勢《しせい》で、小屋《こや》のなかを首をかしげてのぞきこみ、片手《かたて》をあげています。どこにも傷《きず》はありません。よごれも毛もついていません。それどころか、つくったその日のように、ペンキのにおいまでするのです。

ギーコさんは、そっとキキィを手にとり、ずっとあげていた片手《かたて》をおろしてやりました。木のきしむ音がしました。作業小屋《さぎょうごや》にはいると、作業机《さぎょうづくえ》の小箱《こばこ》に、いつもの姿《すがた》ですわらせました。前のいすに腰《こし》をおろすと、首をかすかにかしげたキキィと正面から見つめあう形になりました。

——どうやってここにもどってきたんだ？

ギーコさんは心のなかでたずねました。

——どうやってでもいいじゃありませんか。

キキィがギーコさんの心のなかでこたえました。

——どうやってでもいいってわけにはいかないな。もしもだれかがつれてきてくれたのなら、お礼《れい》をいわなければならないし……。それにだいいち、そういうことがわからないままっていうのが、落《お》ち着《つ》かないじゃないか。

——じゃあいいます。自分できたんです。

——自分で？

ギーコさんはキキィの足もとに目を走らせました。よごれても傷《きず》ついてもいません。歩いてきたわけじゃないな、と思って苦笑《にがわら》いしました。キキィは歩けないのです。もちろん空を飛《と》ぶわけにもいかないでしょう。
——ここに来たいなと思ったらきていたんです。
——しんじられんな。どうしてそんなことができるんだ。
——ぼくにもわかりません。とにかくできたんです。
——じゃあ、戸棚《とだな》がある家に、もどろうと思えばもどれるんだな。
——もどれます。もどりましょうか。
——いや、ちょっと待《ま》ってくれ。頭がこんがらかってしまいそうでし

た。思うだけで移動《いどう》できるなんて、ギーコさんが思いついたはずのことばなのに、自分でもしんじられません。

ギーコさんは頭をかいたり、腕《うで》を組んだりしながら作業小屋《さぎょうごや》のなかを歩きまわり、いろんな角度《かくど》からキキィを見ました。ほんとうはだれかがここに連《つ》れてきたんじゃないか。それにしても、なんのために……。

――キキィ、きみは、なんのためにもどってきたんだ。なぜもどろうと思ったんだ。

ギーコさんは、また正面のいすにすわってたずねました。

――あいさつもしないでわかれたからですよ。ぼく、あいさつをしたかったんです。

きみもそう思っていたのか、とギーコさんはキキィの目を見てうなずきました。

――ギーコさん、ぼくをつくってくれてありがとう。元気でいてください。

――キキィ、きみも元気でな。

ギーコさんがそういうと、キキィは木をきしませながら片手《かたて》をあげ、同じ音をたてて ひとつうなずくと、すっと消《き》えてしまいました。

ギーコさんは、しばらく動《うご》けませんでした。

川の流《なが》れる音がきこえます。

この日も仕事《しごと》になりませんでした。

3 ポットさんとトマトさんは、トマトさんとポットさんに出会った

ポットさんとトマトさんは、嵐《あらし》や雪の日はべつにして、一日にいちどは森を歩きます。そして食べるものを、森にわけてもらいます。木の芽《め》や香草《こうそう》、木の実《み》、果物《くだもの》、ハチミツと、いろんなものを、それぞれの季節《きせつ》が用意《ようい》してくれるのです。その日に食べるぶんをさがす日もあります。保存食《ほぞんしょく》にするために一年ぶんを集《あつ》める期間《きかん》もあります。町へ持《も》っていくためにとることもあります。

ふたりはたいてい、いっしょに歩きます。食べるものをさがすなら、べつべつのところを歩いたほうがたくさんさがせるはずです。けれど、それではおしゃべりができません。すてきな景色《けしき》やきれいな花は、いっしょにそれを見るひとがいると、もっとすてきに、もっときれいに見える、とふたりが思っているからです。

けれど、ときにはべつべつに歩くことがあります。きょうがそうでした。

はじめ、ふたりはいっしょに湯《ゆ》わかしの家を出たのです。それぞれかごを持《も》っていました。きのこをさがすつもりです。歩きだしてすぐにトマトさんがこんなことをいいだしました。

「ねえポットさん、おぼえてる？　わたし、きのこの季節《きせつ》になるとかならず思い出すことがあるの。ほら、あのワライタケのこと」

「トマトさん、その話はもうよそうよ」

ポットさんは肩《かた》をすくめて苦笑《にがわら》いしました。

何年か前にふたりでとったきのこのなかに、あやしいきのこがあったのです。ポットさんはだいじょうぶだといいましたが、トマトさんは食べないほうがいいんじゃないかといいました。そこで、そのきのこだけゆでて味《あじ》をつけ、ひと口食べてみることにしました。食べたのはもちろんポットさんです。

――おいしいよ、これ。

もうひと口食べようとするのをトマトさんがとめました。しばらく待《ま》ってようすを見たほうがいいと思ったのです。でもポットさんは食べました。

――こんなにおいしいのに、どうして食べちゃいけないなんていうんだろ。トマトさんっておかしいね。

そういって笑《わら》いました。その笑《わら》いはとまりませんでした。

――ポットさん！　だいじょうぶ!?

ポットさんは大笑《おおわら》いでこたえました。

――だいじょうぶったら、だいじょうぶゥ！

そのいいかたがおかしかったらしく、さらに笑《わら》い続《つづ》けました。何度《なんど》も何度《なんど》もくりかえして、

――だいじょうぶったら、だいじょうぶゥ！

さけんでは、ひきつりながら笑《わら》いました。どう見てもだいじょうぶには見えません。涙《なみだ》を流《なが》して苦《くる》しそうに笑《わら》っているのです。

――だいじょうぶったら、だいじょうぶゥ！

立っていられなくて、ころがって、ひいひいいいながら笑《わら》い続《つづ》けた……というのが、ワライタケのこと、なのです。

ポットさんは、今では、きのこについては軽《かる》はずみなまねはよそうと心に決《き》めています。ワライタケのことがとってもはずかしかったからです。今でも思い出すだけではずかしいのです。だから、その話はよそうといったのに、トマトさんは笑《わら》いながらいいいました。

「だいじょうぶったら、だいじょうぶゥ！」

ポットさんは、やれやれという顔を見せながら、心のなかではムッとしました。そのすぐあとです、トマトさんが木の根《ね》につまずいたのは。ころびはしませんでした。おっとっと、となって立ち直りました。けれどポットさんは心の底《そこ》からおかしさがこみあげてきて、大笑《おおわら》いしました。大喜《おおよろこ》び、といったほうがいいかもしれません。

ポットさんに大笑《おおわら》いされて、こんどはトマトさんがムッとしました。
「そんなに笑《わら》わなくてもいいじゃない。まるでワライタケでも食べたみたいに」
それでもういちどポットさんもムッとして、ふたりはべつべつのところへきのこをさがしに行くことになったのです。

ポットさんは、あまり楽しくない気分で歩いていました。どんどん歩いて、いつもなら通らないところを進《すす》みました。三十分も歩いたでしょうか。とつぜんいいかおりがしました。このかおりは、テンニョノマイタケというきのこのかおりです。まちがいありません。

テンニョノマイタケは、きのこのなかでもいちばんおいしいきのこです。食べたことがあるひとはそういいます。そしてきのこのなかでもいちばん見つけにくいきのこです。さがしたことがあるひとはそういいます。

かおりがよくて歯《は》ざわりがよくて味《あじ》がいいので、天女《てんにょ》でさえこれを見つければうれしくて舞《ま》い踊《おど》ってしまうという名前がついています。ポットさんも今までに数えるほどしか食べたことがありませんが、これを二日間煮《に》こんだスープの味《あじ》は、わすれることができません。

それは古い木の根元《ねもと》にはえていました。花びらが重《かさ》なってふくれあがったような形で、ひとかかえもある大きさです。

ポットさんは、その三分の一ほどをとって、かごにいれました。それだけで森のひとみんなで食べてもじゅうぶんの量《りょう》でしたし、残《のこ》しておくと来年《らいねん》か二年後《ご》に、またできるかもしれません。それに、ほかの動物《どうぶつ》や虫だって食べたいかもしれないからです。町に持《も》っていけば、おどろくほど高く売れることはしっていました。けれどきょうはそんなことは頭にうかびませんでした。みんなといっしょに食べると楽しいだろう、トマトさんだってにこにこ

するだろう、ということしか考えなかったのです。

いいきのこが手にはいったところで、ポットさんはひと休みすることにしました。手ごろな石に腰《こし》をおろすと、ゆっくりまわりの景色《けしき》をながめました。

今ごろトマトさんはどんなきのこをさがしているんだろうと思ったところで、さっきのことを思い出しました。

――昔《むかし》のトマトさんなら、ぼくのいやがることはいわなかったろうなあ。

昔《むかし》のトマトさん。

ふたりがいっしょにくらしはじめたころのトマトさん。

まだポットさんと同じくらいの背《せ》たけだったトマトさん。


と、そのとき歌声がきこえてきました。ずっと前にきいたことがある曲《きょく》です。ラララとかルルルとか歌っています。女のひとの声です。女の子かもしれません。

ポットさんはかごを持《も》って立ちあがり、声のするほうへ、そっと近よっていきました。

――だれだろう。ふたごの声ならもっと子どもっぽいはずだし、スミレさんにしては若《わか》い声だし、いや、スミレさんがこんなふうに歌うなんて……。

などと考えながら声をさぐって行くと、森のなかに小さな草地があり、そこに陽《ひ》の光がさしこんでいるのが見えました。むこうむきのだれかが白い服《ふく》に赤いベストでしゃがんでいます。スミレさんでもふたごでもありません。まわりにはオレンジ色の花がいっぱいさいていて、暗《くら》い森から見るとまるで夢《ゆめ》の世界《せかい》のようです。

――まてよ。

ポットさんが足をとめたのは、それがだれだかしっているように思えたからです。あの白い服《ふく》と赤いベスト、あの歌。

――でも……、まさか……。

ポットさんは足音を殺《ころ》して近づいていきました。大きな音をたてると、そのひとが消《き》えてしまうかもしれないと思ったのです。

草地にはいりました。二、三歩進《すす》んだところで、ポットさんの足が枯《か》れ枝《えだ》をふみ、かわいた音をたてて枝《えだ》が折《お》れました。そのひとは、はっとしてから、ゆっくりふりかえりました。やっぱり、そうでした。

「あら、ポットさん!」

昔《むかし》の、いっしょにくらしはじめたころのトマトさんがにっこりと笑《わら》いました。

——これは、夢《ゆめ》だ。

と、ポットさんは心のなかでつぶやきました。

「どうしてそんなにおどろいているの?」

昔《むかし》のトマトさんがほおを赤くしてたずねました。

「え? いや、こんなところで会うなんて思わなかったからね」

そうこたえながらポットさんは、昔《むかし》のトマトさんをいっしょうけんめいにながめました。瞳《ひとみ》を、やわらかいほおを、かわいいくちびるを、手を、からだじゅうを。

トマトさんが首をかしげました。

「どうしてそんなにじろじろ見るの？」

「え？　いや、こんなところで、何をしていたの？」

「わたし？　花をつんで……、まあ、どうしましょう。ほんとはわたし、きのこをとりにきていたの。でも、あんまり花がきれいだから、つむのに夢中《むちゅう》になってしまって……。たいへん！」

「だいじょうぶだよ」ポットさんは思わずいってしまいました。「ぼくは花をつみにきて、きのこを見つけてしまったところさ。だからこのきのこと、その花をとりかえよう。ぼくがその花をつんだことにして、きみがこのきのこを見つけたことにしよう」

そして、かごの中身《なかみ》をいれかえました。

「まあ、ポットさん！　なんてしんせつなの」

キスして、というかなとポットさんは思いましたが、まだこのころのトマトさんはいわなかったのでした。

ポットさんに近よろうとしたトマトさんは、石につまずきました。ころびはしませんでした。

「あっ！　だいじょうぶ⁉」

ポットさんはいそいでかけより、トマトさんの足の指《ゆび》を心配《しんぱい》しました。

昔《むかし》のトマトさんの足もとにしゃがみこみ、オレンジ色のくつの先を見たとき、きゅうに思い出したのは、四十分ほど前のこと、今のトマトさんがつまずいたときのことです。

――今のトマトさんのことは笑《わら》ったのに、昔《むかし》のトマトさんのことは心配《しんぱい》している。トマトさんは、昔《むかし》と変《か》わってしまったと思ったけど、ぼくも昔《むかし》と変《か》わっている……！　これは、それを教えるために、森がぼくにおくってくれた夢《ゆめ》じゃないだろうか。もしそうだとすれば、これでこの夢《ゆめ》はおしまいかな。

一瞬《いっしゅん》のあいだに、ポットさんはこれだけのことを考えました。そして気がつくと、見つめているのは昔《むかし》のトマトさんのくつの先ではなく、オレンジの花でした。立ちあがってまわりを見ると、森のなかの小さな草地です。ポットさんひとりが立っています。陽《ひ》の光がみょうに明るくさしこみ、オレンジ色の花がさいています。

――やっぱり、夢《ゆめ》だったんだ。

そう思って、かたわらのかごを見ておどろきました。テンニョノマイタケではなく、オレンジ色の花がはいっていたからです。

――はて？　どこからが夢《ゆめ》だったんだろう。

ポットさんはひとり首をひねりました。

トマトさんは、ポットさんとわかれて五十歩も歩くと、もう反省《はんせい》していました。

――ポットさんがいやがっているとわかっていたのに、からかったりしなければよかった。

自分がわるかったと思うと、そのすぐあとには、相手《あいて》もわるかったんじゃないかという気分になってきます。

――それにしても、ちょっとつまずいたぐらいであんなに笑《わら》うなんてひどいわ。相手《あいて》のほうがわるかったと思うと、またすぐに、いやそんなにわるくないと思えてきます。

――からかったおかえしに笑《わら》ったのかしら。いいえ、ポットさんはおかえしに笑《わら》ったりするひとじゃないわ。

――ああ、でもからかわなければ笑《わら》わなかったかもしれない。


そんなことを考えていると、とてもきのこをさがすような気分にはなれませんでした。といって家にもどるわけにもいかず、しずんだ気持《きも》ちで、あっちへふらふら、こっちへとぼとぼ、森を歩いていました。一時間はたっぷり歩きました。気がつくと、森のなかの広くひらけたところに出ていて、そこにはオレンジ色の花がいっぱいにさいていたのです。

——まあ！　ポットさんがここにいれば、ふたりですてきなながめを楽しめるのに……。

——そうだわ！　この花を持《も》って帰ってかざりましょう。そうすればポットさんも楽しめるわ。いいえそれよりも、〝いやなこといってごめんなさい、おわびのしるしに〟っていったほうがいいかしら。きっとポットさんもきげんをなおしてくれる。

トマトさんは、せっせと花をつみました。

——でも、わたしがあやまる前に、〝つまずいたのを見て笑《わら》ってごめんよ〟って、ポットさんのほうがさきにあやまってくれればいいなあ。そうすればわたしのほうも、〝いいえわたしがわるかったのよ〟っていえるわ。

そのとき、うしろのほうで、枯《か》れ枝《えだ》がふまれて折《お》れたようなかわいた音がきこえました。はっとふりかえると、ポットさんでした。

「ポットさん……！」

ポットさんはてれくさそうに近づいてきていいました。

「さっきは、つまずいたのを見て、笑《わら》ってごめんよ」

ああ、いってほしいと思っていたことをいってくれた、とトマトさんはにっこりしました。

「いいえ、ポットさん、わたしのほうがわるかったの。いやがっているとわかっていて、あんなお話をしたもんだから。わたしのほうこそ、ごめんなさい」

おわびのしるしにと、うしろにおいてある花をさしだそうと思って、ちょっとちがうなと思いました。ポットさんは今、このお花畑《はなばたけ》を見ています。プレゼントする理由《りゆう》がなくなってしまったと思いました。だって本物のお花畑《はなばたけ》のほうが何《なん》百倍《ばい》もすてきなのですから。そう思ったとたんにポットさんがいいました。

「ここって、とってもきれいだね」

「そ、そ、そうね。そうでしょ。ここにきたとき、ポットさんにも見せてあげたいなって思ったの」

ポットさんが、二、三歩前にでるのにあわせて、トマトさんはかごの花を見られないようにすこし動《うご》きました。きのこをみつけたかどうかたずねられたらどうしよう、そう思うのを待《ま》っていたようにポットさんがたずねました。

「どう？　きのこはみつかった？」

ああ、もうしかたがありません。

「あ！　そうだった！　すっかりわすれてた。きのこをさがしてたんだ。それなのにここにきたら、花をつんじゃった」

トマトさんは花のかごを見せながら、今気がついたようにいいました。ポットさんはやさしく笑《わら》いました。

「ほんとうは、ぼくのためにつんでくれたんだろ。このお花畑《はなばたけ》を見ることができなかったはずの、ぼくのために」

トマトさんの心はふるえました。どうしてポットさんはこんなにわたしのことをわかるのかしら、と思いました。ポットさんは重《かさ》ねていいました。

「もらうよ。そのかごの花。このお花畑《はなばたけ》よりも何千倍《なんばい》もすてきだと思うよ。だって、トマトさんがぼくのためにつんでくれた花だからね。そうだ。かわりにこのかごのきのこをあげよう。きみが見つけたきのこってことにすればいい。ね」

かごの中身《なかみ》をとりかえるポットさんを見ながら、トマトさんの心ははりさけそうでした。

「なんてやさしいの！　ポットさん！　キスして！」

トマトさんがひざをついたそのとき、ポットさんは
「あ！」

と小さな声をあげ、

「ちょ、ちょっと、まっててね」

すごいいきおいで森のなかへかけこんでいきました。花のかごを持《も》ったまま、です。

トマトさんはもりあがった気持《きも》ちをはぐらかされたような気分でした。それでもひざをついたまま、ポットさんがかけこんだあたりを見ていますと、そことはすこしちがったところから、ポットさんはもどってきました。こんどはゆっくりと歩いています。もちろんかごを持っています。オレンジ色の花のはいったかごです。

トマトさんに「キスして」といわれて、とつぜんかごを持《も》ってかけ出して、ゆっくりもどってくる、どうしてそんなことをするのか、トマトさんにはさっぱりわかりません。

「あ、トマトさん！」

もどってきたポットさんは、今はじめてトマトさんがそこにいるのに気づいたようにいいました。そして、てれくさそうに続《つづ》けました。

「さっきは、つまずいたのを見て、笑《わら》ってごめんよ」

トマトさんはあいかわらずわけがわかりませんでした。けれど、どうやらポットさんは、ここで出会った場面《ばめん》をはじめからやりなおしたがっているらしい、と思いました。そこでトマトさんももういちどあやまりました。

「いいえ、ポットさん、わたしのほうがわるかったの。いやがっているとわかっていて、あんなお話をしたもんだから。わたしのほうこそごめんなさい」

「どう？　きのこ、みつかった？」

トマトさんはにっこりとうなずきました。

「ほら」

かごをさしだしながらトマトさんは心のなかでつぶやきました。

――ほんとうはポットさんが見つけたんだけど。

「すごい！　テンニョノマイタケだ！」

――ぼくが夢《ゆめ》の中で見つけて、夢《ゆめ》のトマトさんにあげたのとそっくりだ！　どうなってるんだろう!?

ポットさんはふしぎでたまりませんでしたが、もうひとつのふしぎなことをさきにたずねました。

「トマトさん、どうしてひざをついているんだい？」

「もう……。わかってるんでしょ」トマトさんはじれったそうにいいました。「ポットさんにキスしてほしいからよ」

ポットさんはトマトさんにやさしくキスをしました。

いろいろわけのわからないこともあるけれど、テンニョノマイタケも食べられるし、仲《なか》なおりもできたし、これでいいか、とふたりは思いました。

4　バーバさんから長い手紙がきた

お昼前のことです。

スキッパーはウニマルの書斎《しょさい》で顕微鏡《けんびきょう》をのぞきこんでいました。森で手にいれた虫の翅《はね》をながめていたのです。虫がちがえば、翅《はね》もちがいます。それぞれの形や色のおもしろさ、美しさに、見あきることがありません。

ふっと顔をあげました。よく聞こえるスキッパーの耳に、近づいてくる足音がきこえたのです。ドーモさんの足音のようです。スキッパーは甲板《かんぱん》に出ていきました。

「やあ、スキッパー」

ウニマルの広場をこちらにくるドーモさんの声は、いつもよりもずっときげんのいい声でした。いつもならただうなずきかえすだけのスキッパーも、思わずほほえんでしまうほどでした。

「手紙だよ。バーバさんから」

バーバさんはつい十日ほど前に旅《たび》に出たところです。なんでも北のほうから西のほうへまわって、人々のくらしをしらべてくるのだそうです。十日しかたっていな

いのに手紙がくるなんてめずらしいなと、スキッパーは思いました。

ドーモさんはウニマルにかかったはしごをのぼってきて、船《ふな》べりごしに、すこしあつめの封筒《ふうとう》をスキッパーにわたしました。

「きょうはいそがしいんだよ。こそあどの森の五つの家全部《ぜんぶ》に手紙を配達《はいたつ》しなきゃいけないんだ。どれもバーバさんからなんだぜ。いったい何が書いてあるのかと思うね。でも郵便局《ゆうびんきょく》のひとは手紙のなかみをしりたいなんて思っちゃいけないんだ。返事《へんじ》は書かないと

思うから、もうぼくは行くよ」

どうして返事《へんじ》を書かないとわかるのかと、スキッパーはまゆをあげました。ドーモさんはスキッパーが持《も》っている手紙を指《ゆび》さしていいました。

「裏《うら》に書いてある。つぎの村へ行くから返事《へんじ》は受《う》けとれませんって。じゃあ」

ドーモさんはきげんよく帰っていきました。

スキッパーはウニマルの広間で、封《ふう》を切りました。いつもの手紙とぜんぜんちがっていました。最初《さいしょ》の二行だけがバーバさんのペンの字で、あとはタイプライターで打《う》ったか、印刷《いんさつ》したような字だったのです。

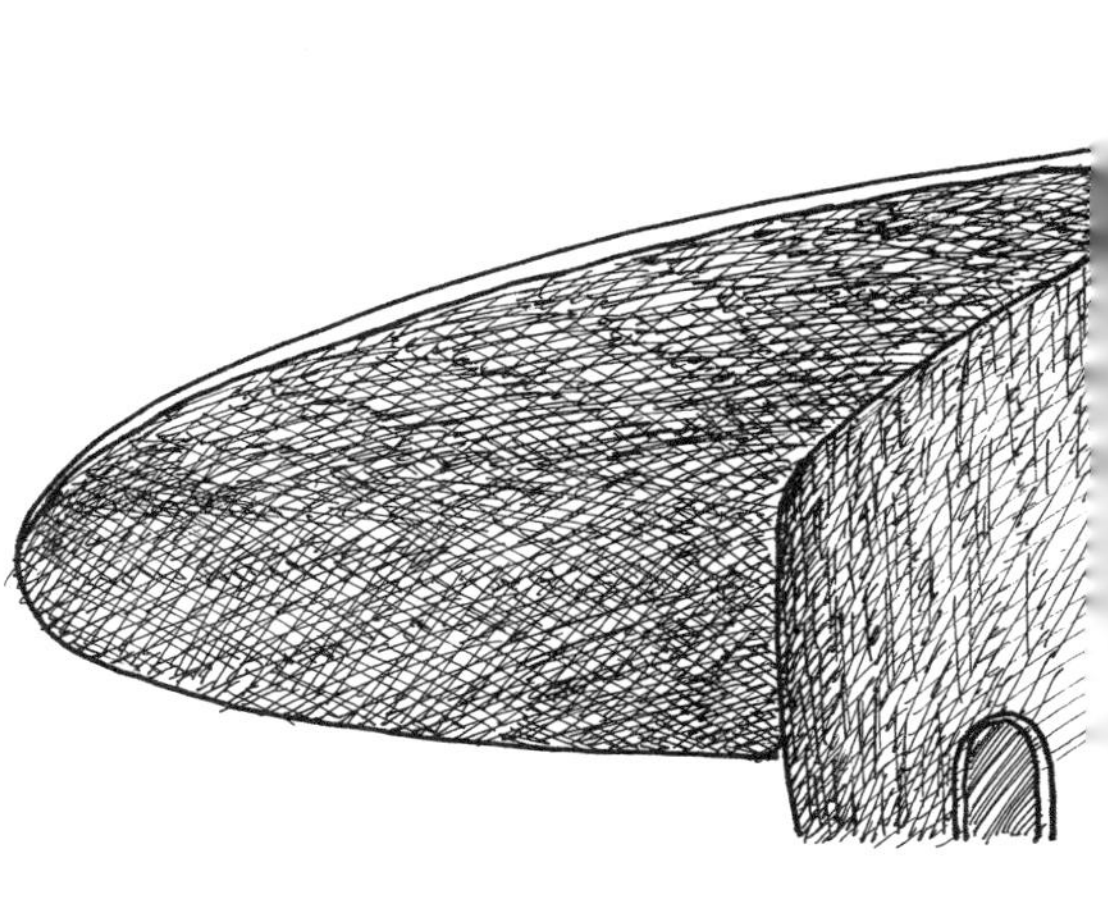

1/15

スキッパーへ
元気ですか? わたしは元気です。

この手紙は、こそあどの森の全員《ぜんいん》に出すことにします。今わたしはエヴァ市の郵便局《ゆうびんきょく》にいます。きのうまでホェア村というところにいました。ホェア村のひとたちは、男のひとも女のひとも、毛糸で編《あ》んだ丸《まる》いぼうしをかぶっています。ずうっと昔《むかし》からそうなのです。ホェア村は昔《むかし》のくらしの残《のこ》っているところです。けれどエヴァ市は大都会《だいとかい》です。この郵便《ゆうびん》局《きょく》にはとても便利《べんり》なものがあります。自動複写《じどうふくしゃ》タイプライターといって、今わたしが打《う》っているタイプライターの文字が、自動的《じどうてき》に何枚《なんまい》もの紙に印刷《いんさつ》されるのです。こうしてわたしは、森のみなさんに同じ手紙を出すことができるわけです。

2/15

この手紙がはやく届《とど》いたほうがいいと思っていたところに、こんなタイプライターがあったものですから、使《つか》うことにしました。

きのうまでいたホェア村では、わたしは村長さんの家に泊《と》めてもらっていました。そして村長さんから、こんな話をききました。ある生きものについての話です。その生きものの名前はフーといいます。きいたことがないでしょう。わたしもはじめてききました。

フーの驚《おどろ》くべき特徴《とくちょう》のひとつは、瞬間的《しゅんかんてき》にからだの大きさと形を変《か》えられるということです。消《き》えることができるというひともいますが、急《きゅう》に小さくなったときに消《き》えたように見えるのだろうと、村長さんはいっています。ふたつめの特徴《とくちょう》は、まわりにいるひとや動物《どうぶつ》の心が読めることです。

3/15

ホェア村のあたりの森では、めずらしくない生きものだといいます。ホェア村ではワナをつかって猟《りょう》をしますが、つかまえたタヌキを檻《おり》にいれておくと、いつのまにかいなくなっていて、フーだったとわかったりするのだそうです。

そのフーが、ごくたまにひとに飼《か》われることがあります。うまれてまもなくひとに助《たす》けられたようなときに、そういうことがおこるのだそうです。

ホェア村の村はずれにひとりですんでいたおばあさんの場合《ばあい》も、そうだったといいます。ここからあとは、そのおばあさんが娘《むすめ》さんに語り、娘《むすめ》さんが村長さんに話し、村長さんがわたしに話してくれたことです。

おばあさんは森で助《たす》けた幼《おさな》いフーをとてもかわいがって、つきっきりで育《そだ》てたそうです。

4/15

おばあさんには、ふたりの息子《むすこ》さんとひとりの娘《むすめ》さんがいました。ひとりの息子《むすこ》さんは戦争《せんそう》で死《し》に、もうひとりの息子《むすこ》さんはエヴァ市でいそがしく働《はたら》き、娘《むすめ》さんも都会《とかい》に嫁《とつ》いでいき、ひとりでくらすおばあさんのもとをたずねる子どもはいませんでした。

フーを育《そだ》てはじめて一年ほどたったときのことです。おばあさんが、すこし体調《たいちょう》をくずしたことがありました。ひとりぐらしで病気《びょうき》になれば、気持《きも》ちが弱《よわ》るのも無理《むり》はありません。あの娘《こ》がそばにいてくれればなあ、と思ってしまったのです。

フーはひとの心を読みます。そして変身《へんしん》できます。ふだんは、かってにひとの心を読み、自分の好《す》きなときに好《す》きな形に変身《へんしん》しているフーですが、自分を助《たす》けてくれ、育《そだ》ててくれ、心からかわいがってくれたおばあさんが弱《よわ》っていて、〈あの娘《こ》〉のことを心に描《えが》いている。これを読みと

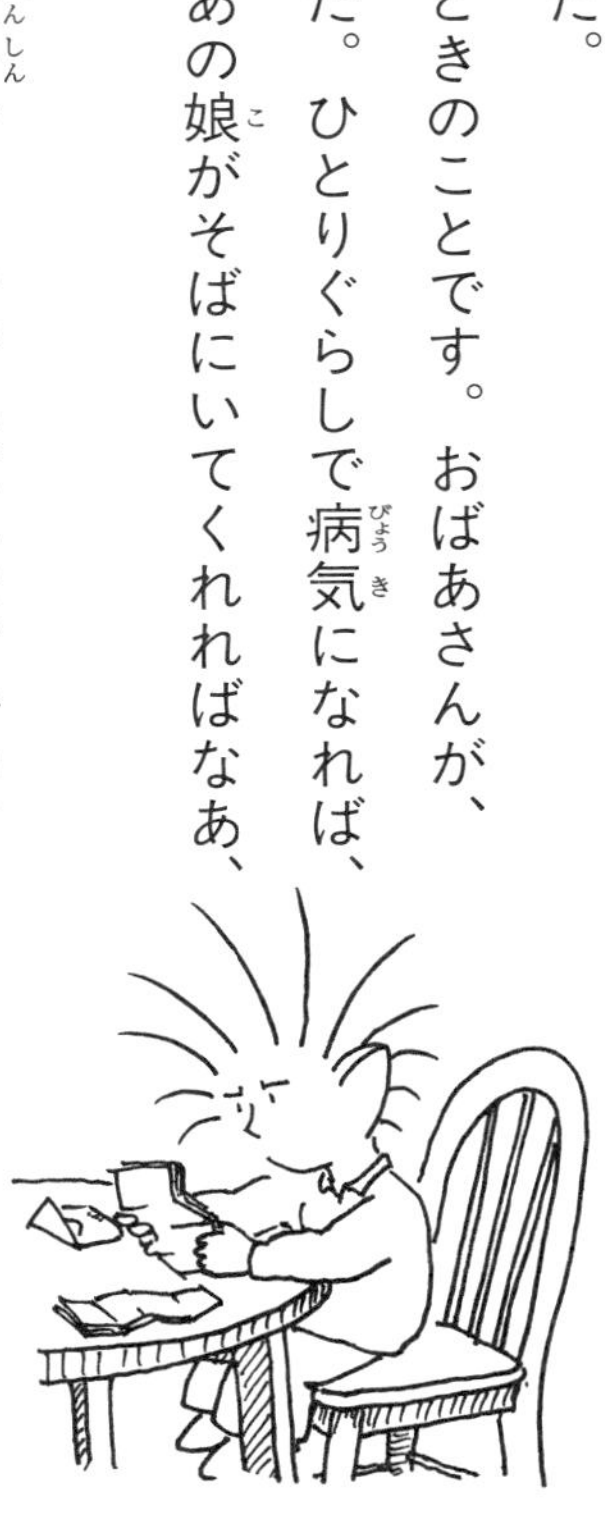

ったフーが、おばあさんが心にうかべている〈あの娘《こ》〉の姿《すがた》に変身《へんしん》した
のは、自然《しぜん》ななりゆきのように思えます。
フーがなにかに変身《へんしん》すると、そのなにかにできることはフーにもでき
ます。娘《むすめ》さんに変身《へんしん》したフーは、おばあさんが望《のぞ》むとおりの会話をし、
そうじもせんたくも、食事《しょくじ》の用意《ようい》もやってのけました。気持《きも》ちが弱《よわ》って
いるときでしたから、おばあさんは喜《よろこ》びました。おばあさんが喜《よろこ》ぶと、
フーもうれしかったでしょう。
けれど元気になったおばあさんは、三日間も娘《むすめ》さんになっていたフー
にいいました。
『フーにおもどり。おまえがなりたい形におなり』
おばあさんは、その娘《むすめ》さんがフーだとわかっていました。ほんものよ
りもずっと若《わか》かったからです。おばあさんが思いうかべていた、嫁《とつ》ぐ前

6/15

の娘《むすめ》さんの姿《すがた》そのままだったからです。

ところで、ひとに飼《か》われたフーが飼《か》い主《ぬし》ののぞむままに変身《へんしん》を続《つづ》けていると、目の前のひとがのぞんだものに変身《へんしん》するのがあたりまえになってしまうのだそうです。ひとの心を読むと同時に、自分の心と関係《かんけい》なくからだが反応《はんのう》してしまうようになるのです。ですから、おばあさんは、自分ののぞむ変身《へんしん》を、もうフーにはさせないようにしようと心を決《き》めました。

けれどそれから半年もたつと、おばあさんは、ほんとうにからだが弱《よわ》くなってきて、気持《きも》ちも弱《よわ》くなってきました。だめだだめだと思いながらも、こんどは〈息子《むすこ》〉に会いたいと思ってしまいました。フーは喜《よろこ》んで息子《むすこ》さんになりました。ほんものの都会《とかい》で働《はたら》いている息子《むすこ》さんは髪《かみ》の白くなったおじさんですが、おばあさんの心のなかでは若者《わかもの》でした。若《わか》

7/15

者《もの》の息子《むすこ》さんはおばあさんと話をし、肩《かた》をもみ、薪《まき》をわり、買物《かいもの》に行き、料理《りょうり》をつくりました。何十年前と同じ、目玉焼《めだまや》きと野菜《やさい》いための料理《りょうり》でした。

おばあさんは夜には『フーにおもどり。おまえがなりたい形におなり』といいました。けれどつぎの日には、またべつの息子《むすこ》さんや娘《むすめ》さんのことを思いうかべてしまいました。フーは毎日《まいにち》のように、息子《むすこ》さんや娘《むすめ》さんの姿《すがた》になりました。そしてやがて、おばあさんは『フーにおもどり。おまえがなりたい形におなり』といわなくなりました。

おばあさんがそんなくらしをしていることは、だれもしりませんでした。けれど、あるときほんものの娘《むすめ》さんが都会《とかい》からたずねてきたのです。それは、おばあさんがフーとくらすようになってから、はじめてのことでした。娘《むすめ》さんはびっくりしました。戦争《せんそう》で死《し》んだはずのお兄さんが、

8/15

若《わか》いときと同じ姿《すがた》で薪《まき》をわっていたのですから。

『お母さん、あのひとはだれ？』

たずねられて、おばあさんは今までのわけを話しました。娘《むすめ》さんも、そんなことを続《つづ》けていては、母親にとってもフーにとってもよくないとしっていましたが、やめさせることはできませんでした。息子《むすこ》さんも娘《むすめ》さんも、そばにいることができなかったからです。

　娘《むすめ》さんが都会《とかい》にもどってひと月ほどして、おばあさんはなくなりました。息子《むすこ》さんや娘《むすめ》さんがかけつけたときにはもうお葬式《そうしき》は終《お》わっていて、村長さんがお墓《はか》に案内《あんない》しました。娘《むすめ》さんが村長さんに

『母がなくなるとき、だれかがそばにいませんでしたか』

と、たずねました。

『若《わか》い男のひとが、ひとり』と、村長さんはこたえました。『でも、そ

9/15

のひとはお葬式《そうしき》のあと、どこかへ行ってしまったんです』
娘《むすめ》さんはそれがだれだったか、話しました。村長さんは、はじめて、おばあさんを見守《みまも》っていた若《わか》い男のひとがフーだったことをしったのです。

このふしぎな話をきいて、わたしは村長さんに、フーがそのあとどうなったのか、たずねました。

村長さんはいいました。変身《へんしん》になれてしまったフーは、だれかの願《ねが》っているものになりたくてたまらなかったにちがいない。そこで、次《つぎ》から次《つぎ》へと、ひとののぞむものになっていったと思う。悲《かな》しそうにそういうのです。

それは、よくないことなのですかとたずねると、村長さんはもっと悲《かな》

しそうな顔をしてうなずきました。

ひとがみな、会えなくなったひとと出会うことだけをのぞんでいるわけではない、と村長さんはいいました。とてもわがままなのぞみ、自分さえよければひとのことはどうでもいい、というのぞみをいだくことも、ひとにはあるというのです。そんな心を読みとっても、とにかく変身《へんしん》してそのひとを喜《よろこ》ばせたい一心《いっしん》のフーは、そののぞみの姿《すがた》に変身《へんしん》し、のぞまれたことをしてしまうのだそうです。ひとに育《そだ》てられたフーは、当然《とうぜん》、ひととしてするべきこと、してはいけないことも心のなかに育《そだ》てています。ところが、変身《へんしん》のとりこになってしまったフーは、その心にそぐわないこともさせられるのです。なりたくないものになってしまい、したくもないことをしてしまったフーは、自分でも気づかないうちに自分の心を傷《きず》つけていきます。それが重《かさ》なると心がだんだん閉《と》ざされていきま

11/15

す。自分を見失《みうしな》います。自分がフーだったこともわすれてしまいます。そしてますます、ひとののぞみのままに、のぞまれる姿《すがた》になり、のぞまれることをし、完全《かんぜん》に心が閉《と》ざされたとき、ひとののぞみにも反応《はんのう》しなくなり、死《し》を選《えら》ぶ、と村長さんはいうのです。そういう例《れい》を、この村のひとたちはなんども見てきたのだと。

そういうふうにならない方法《ほうほう》はないのかとたずねると、村長さんはむずかしい顔をして、〝自分はフーだ〟と思い出せればいいのだろうが……、といいました。

目の前のひとが、〝あなたはフーだ〟と思ってあげれば、フーはそれを読《よ》みとれるのでは？　と、わたしは提案《ていあん》しました。村長さんはいやいやと、首をふりました。たいていのひとはのぞみをもっている。そののぞみどおりのものやひとがあらわれれば、それだけでうれしくなってし

12/15

まって、それがフーだとは気がつかない。たとえそれがフーだと気づいても、のぞみのものであり続《つづ》けてほしいと思ってしまう、というのです。

そのおばあさんがなくなったのは、いつのことだったのか、わたしはたずねました。二ヵ月前のことだった、と村長さんはこたえました。つい最近《さいきん》のことだったのです。

では、わたしもそのフーに、この村で会えるかもしれませんね、というと、村長さんは首をふりました。三日ほど前に、旅人《たびびと》といっしょに出ていったのがそのフーだと、うわさされているというのです。前の日にひとりできたはずの旅人《たびびと》が、旅立《たびだ》つときには二人だったからです。

「バーバ先生、あなたといれちがいというわけですよ」

それをきいたとき、わたしは心のなかで、「あっ!」とさけんでいました。

わたしは、フーに、会っていたのです。

この村にはいる前の日にとまった宿《やど》で、わたしは会うはずのないひとに会いました。二十年前に死《し》んだひとです。ですからわたしはそれは亡《ぼう》霊《れい》、ゴーストだと思ったのです。わたしはそのひとと話をしながらも、心の底《そこ》では、ゴーストなのだからそのうちに消《き》えるだろうなと思っていました。思ったとおり、そのひとは消《き》えてしまいました。さらにいうなら、その宿《やど》についたとき、ひとりの旅人《たびびと》が、いっしょに旅《たび》をしていたひとがいなくなったとさわいでいました。

まちがいありません。あれはフーだったのです。

フーが今どれだけ心を傷《きず》つけ、どれだけ心を閉《と》ざしているか、それはわかりません。けれど、自分を見失《みうしな》っていることと、悲《かな》しい結末《けつまつ》にむかっていることは、まちがいありません。なんとかできないかと思いまし

た。この手紙を書くことで、もしもフーが自分をとりもどすことができれば、と思いました。人間がフーの心を閉《と》ざしたのなら、フーの心をひらくことも人間にできるかもしれない、そう思います。

フーがかならずこそあどの森にあらわれるかどうかわかりません。けれど、旅《たび》の道すじからいえば、その可能性《かのうせい》があります。わたしとすれちがったのですから。

そこで、お願《ねが》いがあります。

もしも、あらわれるはずのない、あらわれてほしいものやひとがあらわれれば、それはフーです。フーにあったら、自分がフーであることを思い出させてやってほしいのです。

自分を見失《みうしな》ったフーが森のなかにいるのは、たいそう危険《きけん》なことです。ウサギを食べたいと思っているオオカミに出会ったら、フーはまよわず

ウサギになってしまうのですから。

長い手紙になってしまいました。

この手紙がフーよりもはやくこそあどの森について、そしてフーがそこにあらわれて、自分をとりもどすことができればいいなと思いながら。

エヴァ市立郵便局《ゆうびんきょく》にて
九月十五日　バーバより

読《よ》み終《お》わってスキッパーは、ためいきをつきました。いままでにうけとったなかで、いちばん長い手紙でした。

5

あらわれるはずのない、ものやひと

つぎの日、こそあどの森のみんなは、湯《ゆ》わかしの家の夕食に招《まね》かれていました。なんでもテンニョノマイタケというめずらしいきのこが手にはいったので、そのスープをいっしょに楽しもうというのです。スキッパーは食べたことがなかったので、すこし楽しみでした。ほんとはそのきのこがはえているところを見たかったのですけれど。

約束《やくそく》の時間よりもはやめにウニマルを出ました。森のなかを散歩《さんぽ》して行こうと思ったのです。

湯《ゆ》わかしの家へ行く道の途中《とちゅう》で森にはいりこむと、大きな木がたおれているところがあります。前にここを散歩《さんぽ》していてトワイエさんに出会ったことがあって、そこが思い出の場所《ばしょ》だと教えてもらいました。

トワイエさんは、この木の下で雨やどりをしていて、いっぴきのキツネに出会ったのです。そのキツネはホタルギツネといって、しっぽが光り、ひとのことばをしゃべるキツネで、スキッパーとはとてもなかよしになりました。今、そのキツネはいません。ふしぎな話ですが、時間をこえて大昔《おおむかし》の世界へ行ってしまったのです。

トワイエさんは、たおれた木の下で、そのときのかっこうをして話してくれました。

「ぼくが、ですね、こうして、この岩にすわっていた、と。すると、なにかにですね、見られているというか、だれかがいるというか、そんな感《かん》じがしましてね。こう見ると、そこ、そのひらたい岩、ええ、それ。そこにキツネがいたんですよ、ええ」

その話はスキッパーにはとても印象深《いんしょうぶか》くて、それをきいてからというもの、ここにやってくるといつも、トワイエさんがすわっていた岩に腰《こし》をおろしてみるのです。

もちろん、きょうもそうしました。

——ちょっともどってきてくれればいいのになあ。

と、スキッパーは思いました。ホタルは（スキッパーはホタルギツネのことを、ホタルと呼《よ》んでいました）、いつかもどってくるといいました。そのときには缶《かん》づめ

と、読書《どくしょ》を楽しませてもらうといっていたのです。けれど、もどってくるとすれば、神話《しんわ》に登場《とうじょう》するはかりしれない力をもった〈はじまりの樹《き》〉に、時間をこえて運《はこ》んでもらわなければなりません。ですから「ちょっともどる」なんて無理《むり》でしょう。

それはわかっているのですが、スキッパーは思わずにはいられません。

――ちょっともどってきてくれれば……。

そのとき、声がきこえました。

「ちょいともどってきてやったぜ」

あまりおどろいたので、すぐにはふりかえることができませんでした。でもふりかえる前にその声でわかりました。ふりかえると、やっぱりそうでした。ひらたい岩にホタルギツネがすわっていたのです。

「ホタル！」

「よォ、スキッパー、元気だったか」

「いつからそこにいたの？　ぜんぜん気がつかなかったよ！」

「キツネってのはな、人間に気づかれないように動《うご》けなきゃ失格《しっかく》なんだ」

「もどってきてくれたんだ」

「ああ、ちょいとな」

「ずっとじゃないの？」

「そういうわけにもいかないんだ」

「なんだ。ずっといればいいのに。あ、マスの水煮《みずに》や、いちじくのシロップづけの缶《かん》づめがあるよ！　イワシの缶《かん》づめだって！　本もあるよ！」

「ああ、ありがとよ。文化的《ぶんかてき》なくらしってやつだ。きくだけでよだれがでるね。おっと、本によだれはよしたほうがいいな」

スキッパーはホタルの冗談《じょうだん》に声をあげて笑《わら》いました。ふだんのスキッパーはひとと話すのは苦手《にがて》です。けれどなぜかホタルギツネとは話がはずみました。こうしてとつぜんもどってきても、前と同じように調子《ちょうし》よく話せることが、うれしくてたまりませんでした。

「ホタルはむこうではどうしてるの？」

「どうしてるもこうしてるも、おれはむこうじゃ生《い》き神《がみ》さまなんだからな。石をけずっておれの姿《すがた》なんかつくったりしてるんだ。しんじられんだろ？」

「あ、やっぱりそうだったんだ。ぼく、なにかの本で、石でキツネをつくってかざってあるのを、ああ、まつってあるっていうのかな、読んで、それ、ホタルと関係《かんけい》あるんじゃないかなって思ってたんだよ」

「へえ、そうかい。気にかけてくれてたってわけだ」

「あたりまえじゃないか」

「トワイエさんとか、森のみんなは元気か？」

「元気だよ。ああ、そうだった。今からみんなに会えるよ。ちょうどこのあと、湯《ゆ》わかしの家へ行くことになってるんだ。みんな集《あつ》まるよ。いっしょに行こう。テンニョノマイタケっていってね、とってもめずらしいきのこをポットさんかトマトさんがとったんだ。そのスープが出るんだよ」

「スープか……。熱《あつ》いんだろ？」

「ホタルのぶんは、ひやしてもらうよ。行こう。みんな、ひさしぶりだからよろこぶよ」

「ふん。スキッパーがそんなにいうなら、行ってやってもいいか」

「よし、きまった。じゃあ、行こう！」

スキッパーとキツネはならんで歩きだしました。

「ひさしぶりだね、ほんとに。こうしてホタルとならんで歩くのって、ぼく、好《す》きだな」

「どうして」

「さあ、どうしてだろ。しっぽがゆれる感《かん》じかな。いや、わからないな」

「おれだって、スキッパーと歩くのは好《す》きだぜ」

「どうして？」

「さあ、どうしてだろ。その髪《かみ》の毛がゆれる感《かん》じじゃないかな」

そこまでいわれてスキッパーは、からかわれたことがわかりました。でも、うれしいからかわれかたでした。

そうそう、ふたごのことを話しておこう、とスキッパーは思いました。するとさきにホタルギツネがたずねました。

「ふたごはいま、なんて名前なんだ？」

「それをいおうと思ったところなんだよ。

ホタルがいたとき、なんて名前だったっけ」

ふたごはしょっちゅう自分たちの名前を変《か》えるので、スキッパーはすっと思い出せなかったのです。

「ええっと、なんていったかな」

キツネが首をひねったとき、スキッパーは思い出しました。すると同時にホタルも
「思い出した！」

と、いいました。そしてふたりいっしょに
「アケビとスグリ！」

といって、笑《わら》いあいました。わすれていたのを思い出すのまで気があいます。

「いまはね、パセリとセロリっていうんだよ。トマトさんにね、パセリとセロリのジュースをのまされたんだって。健康《けんこう》のためにってね」

「よくのんだな」

「のんだらチョコレートをあげるっていわれたらしいよ」

「で、そのジュースが気にいって、その名前にしたのか」

「ううん、ジュースは気にいらなかったと思うよ。だってそのあと、ふたりがけんかしたときに、

『あんたなんてパセリよ！』

『そういうあんたはセロリよ！』

って、悪口《わるぐち》をいいあったっていってたから。でもね、悪口《わるぐち》のつもりだったけど、口にしてみるとなんだかいいひびき、なんていってさ、その名前にすることにしたんだって」

「ふん。ふたごらしいめちゃくちゃなきめかただな」

そんな話をしているうちに、湯《ゆ》わかしの家までやってきました。スキッパーはふと思いついて、ホタルギツネにたずねました。

「ね、どうやってもどってきたの？」

「〈はじまりの樹《き》〉がつれてきてくれたんだ」

「いつ？」

「さっき」

「さっき？」

「スキッパーに会う、ちょっと前さ」

スキッパーは、湯《ゆ》わかしの家のドアのとってにかけた手をとめました。

——ん？　なにか……、変《へん》だな。

と、思いました。するとキツネが、

「なにか、変《へん》か？」

と、たずねました。

——まるで、心を、読まれたみたいだ。

そう思うのと同時に、スキッパーはバーバさんの手紙のことを思い出しました。

すると、ホタルギツネが、

「フーって、なんのことなんだ？」

と、いいました。ちょうどそのとき、ドアが内側《うちがわ》からあけられ、そこにトワイエさんが立っていました。

「おお！　だれかが、そう、きたと思ったら、スキッパーと、こりゃすごい、ホタルギツネさん!!」

部屋《へや》のなかから、おどろきの声があがります。

「トワイエさんよ、元気だったかい」

笑顔《えがお》いっぱいのトワイエさんにむかえられて、キツネは部屋《へや》のなかにはいっていきます。

トマトさんだけがスキッパーに目をとめて、ホタルギツネと見くらべるようにしながら、そっと近づいてきました。

「スキッパー、どうしたの？　顔がまっ青《さお》よ。気分がわるいの？」

招《まね》かれたひとたちは、もう全員《ぜんいん》が集《あつ》まっていました。玄関《げんかん》にトマトさんとスキッパーを残《のこ》して、みんながトワイエさんとホタルギツネのまわりをとりかこんでいます。

「わたしのこと、パセリって呼《よ》んで」

「わたしのこと、セロリって呼《よ》んで」

ふたごがあいさつしています。

トマトさんはスキッパーをかかえこむようにして、部屋《へや》のすみにつれていき、いすにすわらせました。

「しばらく、すわっているといいわ。お水のむ？」

スキッパーは、いらないと首をふりました。

「どうしたの？」

トマトさんがたずねています。

スキッパーが最初《さいしょ》に変《へん》だと思ったのは、〈はじまりの樹《き》〉がつれてきてくれたのは、ちょっと前のことだと、ホタルギツネがいったからです。以前《いぜん》に〈はじまりの樹《き》〉がやってきたときには、すごい風と霧《きり》がおこったり、嵐《あらし》が近づく感《かん》じがしたりしたのです。きょうは風も霧《きり》もなかったし、何の感《かん》じもしませんでした。それに、スキッパーが心のなかで思ったことを、このホタルギツネはわかってしまいました――。

キツネはギーコさんにあいさつしています。

「ギーコさんよ、あのときはおもしろかったな」

あれはギーコさんがそういってほしいと思ったのです。ギーコさんはほほえんでいます。みんなよろこんでいます。スキッパーだって、うきうきするほどうれしかったのです。

「しっぽ、光ってる？」

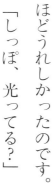

「わあ、光ってる」

「今、そう思ったとたんに明るくなった」

ふたごがさわいでいます。ふたごの心を読んでしっぽが明るくなったのです。そうです。スキッパーがうれしかったのも、スキッパーがいってほしいことだけを、フーがいったからなのです。

「ねえ、スキッパー、どうしたの？」

トマトさんがのぞきこむようにいいました。スキッパーはトマトさんの心配《しんぱい》そうな目を見あげました。

「あのホタルギツネは……、ホタルギツネじゃ、ありません」

そういったとたんに、目から涙《なみだ》がこぼれました。トマトさんはあわてたようにまわりを見て、となりのいすに腰《こし》をおろしました。

「なにいってるの？　じゃ、なんだっていうの？」

スキッパーは息《いき》をつぎながらささやくような声でいいました。

「バーバさんの、手紙にあった、フーです」

トマトさんが大きく息《いき》をのむうしろで、いつのまにか近づいていたスミレさんがうなずきました。

「やっぱり……、そうだったのね」

ギーコさんが、どうしたんだ、という目で三人を見ました。スミレさんはホタルギツネのほうを指《ゆび》でしめして、（フー）と口の形で伝《つた》えました。ギーコさんも同じ形の口で声を出さずに（フー）といってみて、あ、と口をあけました。

トワイエさんとポットさん、それにふたごと話していたホタルギツネが、きゅうにまわりを見まわしていいました。

「みょうな調子《ちょうし》になってきたな。その、フーっての

はいったい、なんなんだ」

「フー？」

ふしぎそうにつぶやくポットさんに、
スミレさんがいいました。

「そのホタルギツネさんは、フーなのよ」

話の流れ《なが》がわかっているのかわかって
いないのか、とつぜんパセリがスキッパー
を指《ゆび》さしました。

「あ、スキッパーが泣《な》いてる！」

「ほんとだ。泣《な》いてる！」

セロリも続《つづ》けました。

「そんなこと大きな声でいうんじゃない」

ポットさんは無神経《むしんけい》なふたごをひとにら

みしてから、スキッパーにいいました。「スキッパー、泣《な》くなよ」

「泣《な》くわよ！」スミレさんが自分のことのように強い調《ちょう》子《し》でいいかえしました。

「会いたかったものに出会えて、それがほんものじゃなかったとわかれば」そのあたりで、ひとのことなのにはげしくいいすぎたと思ったようで、すこし弱《よわ》い声になり、「だれだって泣《な》くわよ……」と、天井《てんじょう》のあたりに目をやりました。

ホタルギツネは、すがるような目をトワイエさんにむけました。

「トワイエさんよ、こりゃいったいどうなっちまってるんだ。おれがほんものじゃないってどういう話なんだ？　おれはおれだよ。ホタルギツネだよ。そうだろ？　みんなにいってやってくれよ」

「ええ、ええ……」

トワイエさんがこたえにつまったところで、スキッパーがいいました。

「ホタルギツネなら、ひとの心を、読まないよ」

いったとたんに、また涙《なみだ》がこぼれました。トマトさんがエプロンのポケットからハンカチを出して、スキッパーにわたしました。

「おれがひとの心を読むって!?　そりゃどういうことだ。どうしてそんなことができるんだ」

　ひとの心を読めるのはフーだから、とスキッパーは思いました。ほかの何《なん》人《にん》かもそう思ったのでしょう。ホタルギツネはみんなを見まわしていいました。

「だから、その、フーってのはいったいぜんたい、なんなんだよ!」

　トワイエさんは、よろよろっとあと

ずさりしました。

「読んだ！　いま、心を読んだんですね！　フー……、フーなんですね！」

「フー……!?」

ポットさんもキツネからはなれました。

「フーだ！」

「フーだ！」

「ほんとにいたんだ！」

「会えると思わなかった！」

「ね、王子さまになって！」

「それより、お姫《ひめ》さま！」

ポットさんはふたごをひっぱって、

うしろにさがらせました。

まわりからひとがいなくなって、とりのこされたキツネが、とほうにくれたようにまわりを見ました。

「スキッパー、トワイエさんよ、どういうことなんだ。フーってなんなんだ」

トワイエさんがうなずきました。

「フーというのは、ですね、その、ひとの心を読めて、ん、どんな形にでも変身《へんしん》できる、そう、生きものなんです」

「へ、変身《へんしん》!? おれが!? 冗談《じょうだん》いうなよ」

「あ、あなたは、その、変身《へんしん》できるとは、んん、思ってないんですね!?」

「あたりまえだろ。おれは今も昔《むかし》も、変身《へんしん》なんてできないよ」

みんなは顔を見あわせて、だまりこみました。ほんとうに、自分がホタルギツネだと思いこんでいるようなのです。

スキッパーは、すぐ近くにいたスミレさんがためいきをついたのをききました。

そして
「しかたがないわね……」

と、つぶやき声で続《つづ》けました。その声はトマトさんにもきこえたらしく、トマトさんは、

「えっ？」

と、スミレさんを見ました。

スミレさんは、ゆっくりキツネに近よりました。なんだ？という目で、キツネがスミレさんを見上げました。スミレさんは小さな、しかし気《き》持《も》ちをこめた声でキツネに呼《よ》びかけました。

「モリナカノタビトさま」

6
変身
_{へんしん}

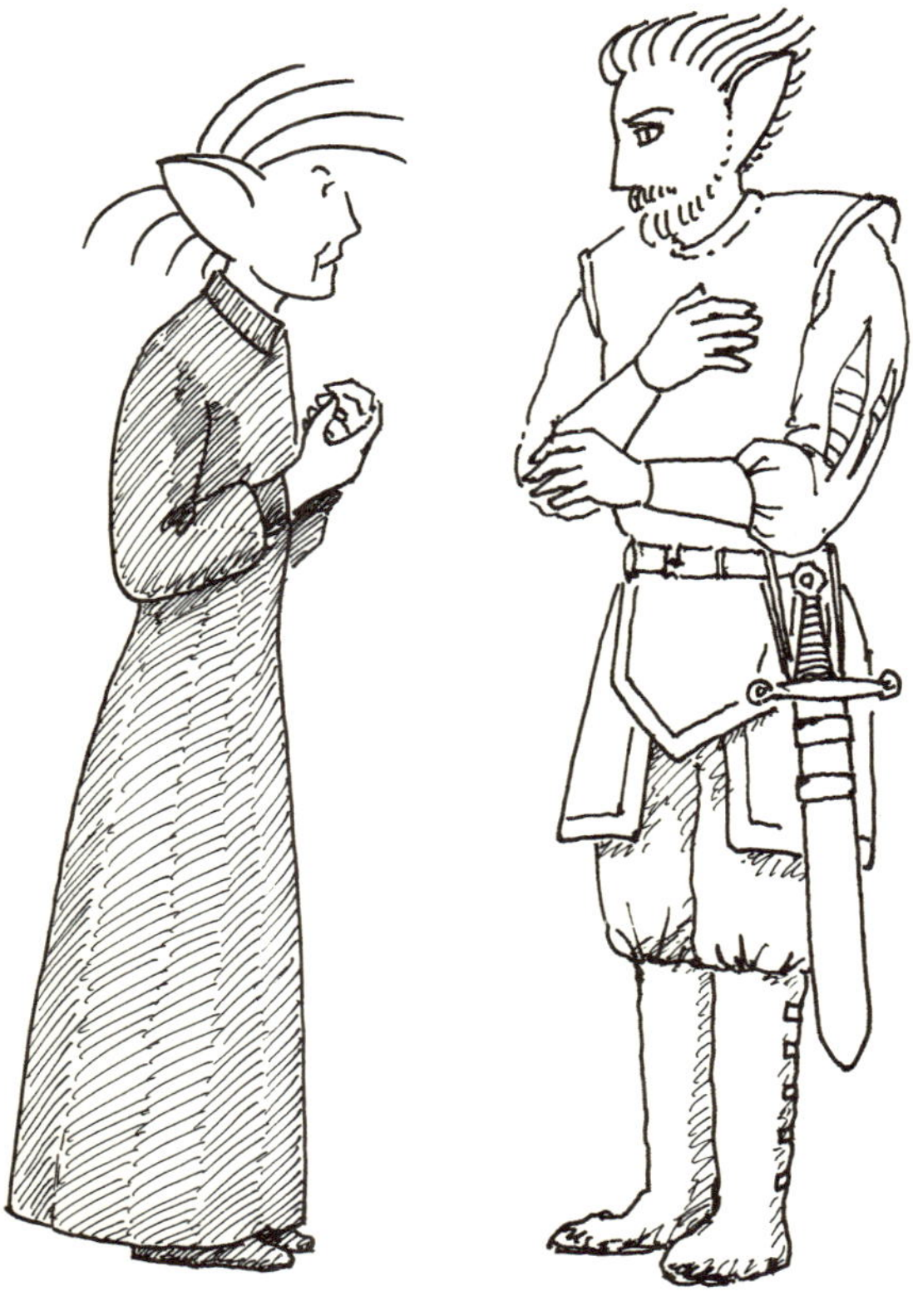

一瞬《いっしゅん》のことでした。

キツネがスミレさんを見上げていたその場所《ばしょ》に、ブーツをはき剣《けん》をさげた昔風《むかしふう》の騎士《きし》が、スミレさんをやや見おろすように立っていたのです。

みんなは息《いき》をのんで、もう一、二歩さがりました。それから声にならない声がわきおこりました。ふたごが近づこうとして出ていきかけるのを、ポットさんがひきもどしました。

「これはこれは、スミレどの。あのおりはかたじけのうござった」

騎士《きし》がスミレさんに軽《かる》く頭をさげました。

「スミレさん、それ、だれ？　あのおりって……？」

トマトさんがつぶやくようにいいましたが、スミレさんにはきこえませんでした。

騎士《きし》がまわりを見て、スミレさんにたずねました。

「御一同《ごいちどう》は、なにゆえおどろいておられるのでしょう」

スミレさんは静《しず》かにこたえました。

「タビトさまは、いまのいままで、ホタルギツネだったのです」

「ホタル……ギツネ……？」

騎士《きし》は、はじめてきくことばのように、たずねかえしました。ふたごがさけびました。

「しらない!?」

「しらないふり!?」

「ホタルギツネだったのに！」

「ぱっとかわったのに！」

スキッパーは、ふたごのことばにひかれるように、ホタルギツネが騎士《きし》にかわった瞬間《しゅんかん》を思いうかべました。騎士《きし》は、みんなの顔を見わたして、ぼうぜんとした顔つきになりました。みんなが心のなかに描《えが》いた変身《へんしん》を読んだのです。

スミレさんは目をそらしていいました。

「あたしの心のなかの、モリナカノタビトさまのイメージを読みとって、ホタルギツネから変身《へんしん》なさったんです」

「……心を読みとって、……変身《へんしん》……」

騎《き》士《し》はぼんやりとくりかえしました。本当にしらないことのようでした。

トワイエさんが小声でいいました。

「スミレさんは、このかたと、その、出会っていた、と、いうわけですね」

スミレさんは、きっ、と横目《よこめ》でトワイエさんを見て、こちらも小声で早口にいいました。

「そこのところは、深《ふか》くきかないでちょうだい」

「あ、どうも、失礼《しつれい》……」

トワイエさんとの会話はなかったように、スミレさんは続《つづ》けました。

「これで、タビトさまはフーだったということが、おわかりになったんじゃないでしょうか」

「フー……？　それはいったい……？」

そこからもういちど説明《せつめい》しなければならなかったのです。トワイエさんがいいました。

「フーというのはですね、ひとの心を読めて、好《す》きな形に、ええ、変身《へんしん》できる生きものなんです」

「いいなあ、スミレさんは」

「こんな騎士《きし》と会ってたんだ」

「自分だけ」

「ずるい」

ふたごがささやきあっています。騎士《きし》はためいきをつきました。

「なにゆえ、それがしがひとの心を読み、変身《へんしん》しなければならぬのか……」

「それは、あなたがフーだから」

スミレさんのやさしい口ぶりに、そんなことではわかってもらえないとばかりに、

ポットさんが一歩前に出ました。

「だって、現《げん》にいままでホタルギツネだったじゃないか。おぼえてないのかい？」

騎士《きし》は首をひねりました。

「あのね、いま、そこで、ぱっとかわったんだよ」

――そうだった。ほんとに、ぱっとかわった。

スキッパーはもういちどその瞬間《しゅんかん》を思いうかべました。

「それがしは……、キツネだったのか」

「キツネの前は、また、その、べつの、なにかだったと、ええ、思いますよ」

トワイエさんが、えんりょしながらいいました。

「キツネだった感《かん》じを、おぼえてないのかい？」

ポットさんにいわれて、騎士《きし》は思い出そうとしました。

「そういわれれば、キツネだったような気がしないでもない……」そこで、はっと

スキッパーを見ました。

「森のなかを、そなたと歩いていなかったか」

スキッパーはうなずきました。うなずいてからそのときのことを思い出しました。ずいぶん昔《むかし》のことのようでした。

「だが、キツネの前にも、さらにべつのものだったなど、とうてい想像《そうぞう》できぬ」

ポットさんは、いつのまにか部屋《へや》のすみまでさがっているスミレさんを、ちらっと見ました。そして一、二歩、騎士《きし》にさらに近づき、ひとつせきばらいをしました。

「若《わか》い、娘《むすめ》さんだったことは、おぼえてないかなあ」

「若《わか》い、娘《むすめ》さん……？　それがしが？」

「森のなかで、赤いベストを着《き》て、花をつんでいた……」

「赤いベスト？　花を？　……オレンジ色の！」

オレンジ色の、と口にした瞬間《しゅんかん》、騎士《きし》の姿《すがた》は消《き》え、ポットさんと同じくらいの背《せ》たけの娘《むすめ》さんが、赤いベストを着《き》て立っていました。

「ポットさん！」

その娘《むすめ》さんと、トマトさんが同時にポットさんの名を呼《よ》びました。ポットさんはトマトさんを見て、いっしょうけんめいにいいました。

「そう、昔《むかし》のトマトさん、ぼくは森のなかで、昔《むかし》のトマトさんのこと思い出してたんだ。そしたら、とつぜんあらわれたんだ」

「んま……」

トマトさんは、どう反応《はんのう》すればいいのか、きめかねていました。「今のわたしより昔《むかし》のわたしのほうがいいの」とおこるのか、「そんなにわたしのことを思ってくれているのね」とよろこぶのか――。そこにふたごが口をはさみました。

「ポットさんたら、昔《むかし》のトマトさんに会ってた！」

「ずるい！　ずるい！」

トマトさんはふたごをちらっと見て、にっこり笑《わら》いました。

「どうしてずるいのよ。いいじゃないの」

よろこぶほうにしたのです。

ポットさんは昔《むかし》のトマトさんにたずねました。

「ねえ、きみ、きみはいままで騎士《きし》だったこと、おぼえてる?」

昔《むかし》のトマトさんは、いわれてはじめて気がついたように、目と口を丸《まる》くしました。

「おぼえてる! わたし、いままで騎士《きし》だった! ……その前は、キツネだったみたい……。でも、そんなことってある? どうしてそんな……」

トワイエさんがこたえました。

「それは、あなたがですね、フーだからです」

「フー?」

「フーというのはですね、ひとの心を読めて、好《す》きな形に変身《へんしん》できる生きものなんです」

トマトさんはつくづく昔《むかし》のトマトさんをながめました。

「ほんとに昔《むかし》のわたしだわ」

もっとよく見ようと近づきました。

「昔《むかし》のトマトさんのことを、ん、ポットさんが、きちんと、ええ、思いうかべることが、そう、できたからですね」

トワイエさんに説明《せつめい》されて、トマトさんはうれしくなり、

「まあ、ポットさん」

と、心をこめていったとたんに、昔《むかし》のトマトさんはポットさんになっていました。

「ひえ――っ！」

ふたごが声をそろえました。そのあとを追《お》って、「おーっ！」とか「まあ！」と声が続《つづ》きました。いままでの変身《へんしん》のなかで、この変身《へんしん》が、いちばんみんなの気持《きも》ちを奇妙《きみょう》な感《かん》じにしました。なにしろ、ほんもののポットさんがいまここにいるのに、もうひとりあらわれたのです。とつぜんポットさんがふたりになってしまったのです。フーのポットさんは肩《かた》をすくめ、ほんもののポットさんはぽかんと口をあけたままでした。

みんながことばを失《うしな》ったとき、しゃべるのがふたごです。

「そっくり！」

「ポットさんがふたり」

「シャツがちがう」

「そう、シャツがちがう」

トマトさんがいいました。

「それって、おととい着《き》ていたシャツだわ……。でも……、どうして……？」

「ということは」トワイエさんがいいました。「おとといトマトさんは、ポットさんのことを、そう、考えていて、フーに出会ったと、いうことですね」

えェ!?と頭をかかえるトマトさんのうしろで、パセリとセロリが顔を見あわせました。

「なぁんだ」

「もったいない」

「せっかくのチャンスなのに」

「いつでも会えるポットさんだなんて」

スミレさんがこっそりうなずきました。

ポットさんがふたりいるというのは、とても落《お》ち着《つ》かない気分でした。もちろんトマトさんとポットさんがいちばん落《お》ち着《つ》きませんでした。

「ああ、心が裏返《うらがえ》ってしまうような気持《きも》ちよ！　ポットさんがふたり！　どこで出会ったんでしょ！　いいえ、そんなことより、変《へん》な感《かん》じ！　ねえ、おねがいだから、ほかのものに変《か》わってちょうだい！」

「そ、それがいい……」

と、ほんもののポットさんがいったすぐあとに、

「ほかのものに……、変《か》わる……？」

フーのポットさんがつぶやきました。その声がまた、ポットさんそのままでした。

トワイエさんが説明《せつめい》します。

「そ、そうです。あなたは、フーです。フーはひとの心を読んだり、変身《へんしん》したりできるんです」

そのことばを、二日前のポットさんは、うなずきながらききました。

「フー……。ほかのものに……、変《か》わる……」

そして、みんなの顔を見まわしました。まるで、だれののぞみの姿《すがた》になろうか、と考えているようでした。そのとき、ずっとだまっていたギーコさんが、すこし早口でいいました。

「ポットさん、あ、いや、フーのポットさん。ここにいるだれかの前で変身《へんしん》したのではない姿《すがた》に、なれないかな」

スミレさんはギーコさんをちらっと見て、

「ま、とりあえず、いい考えだわ」

と、いいました。

「つまり」二日前のポットさんが、むずかしそうな顔をしました。「ここにいないひとののぞみの姿《すがた》になれってわけかい。そんなことが……」

「はい、フーは、そんなことも、ええ、できるんです」トワイエさんは熱心《ねっしん》にいいました。「あなたは、その、前にいるひとがのぞむ姿《すがた》に、ん、変身《へんしん》するという、そう、心とからだになっていたんです。けれど、ほんとうは、自分の好《す》きなときに、自分の好《す》きな姿《すがた》に、ええ、変《か》われるはずなんです。はい」

二日前のポットさんは、トワイエさんの顔をじっと見ました。

「ここにはいないひとの前でも、変身《へんしん》していたのかい、ぼくは」

「そのはずです。思い出せませんか。ここにいないひとの前で、ええ、変身《へんしん》したでしょう?」

二日前のポットさんは、ふっと顔をあげました。

「した」

「そ、それになってみてください！」

「なれるかな」

「なるんです」トワイエさんはさらにことばに力をこめました。「それになることは、あなたのために、その、とてもだいじなことなんです。だれかののぞむものではなく、そう、自分ののぞむ姿《すがた》に、ええ、なるんです」

「でもそれだってもともと、だれかののぞんだものだろ」

トマトさんがとつぜん大きな声を出しました。

「ああ、もう！　ぐちゃぐちゃいってないで、何だっていいから変《か》わってちょうだい！」

その声にみんながおどろくのと同時に、二日前のポットさんの姿《すがた》が消《き》えました。

7 だれかののぞむものではなく

消《き》えたように見えたのは、とつぜん小さな姿《すがた》になったからです。

「あ！　妖精《ようせい》だ！」

「花の妖精《ようせい》！」

パセリとセロリが声をあげました。スキッパーも、本でこういう妖精《ようせい》の絵を見たことがあります。手のひらに乗《の》るくらいの大きさで、全身《ぜんしん》がぼうっと黄色く光っています。花の形のスカートをはいて、背中《せなか》には翅《はね》があり、それを細《こま》かくふるわせて空中に浮《う》かんでいるのです。すっと移動《いどう》すると光の粉《こな》がまきちらされ、花火の火の粉《こ》のように落《お》ちながら消《き》えていきます。

「すてき！」

「かわいい！」

ふたごは大喜《おおよろこ》びです。

「やったじゃないか！」

「で、できましたね、しかし、妖精《ようせい》とは……」

JUN

ポットさんとトワイエさんは、変身《へんしん》できたことはよかったけれど、妖精《ようせい》とどう話せばよいのか、とまどっているように見えました。

「ねえ、それ、だれののぞみ？」

「いったいだれがのぞんだの？」

ふたごがたずねると、

「しりたい？」

と、妖精《ようせい》がすんだ声で笑《わら》いました。

「そんなこと、きくものじゃないわよ」

スミレさんがいううしろで、ギーコさんが、そうだ、とうなずきました。

「だって、こんなにかわいいから……」

「いったいだれが妖精《ようせい》に会いたかったのかなって……」

スミレさんは左右に首をふりました。

「かわいくてもかわいくなくても、きくものじゃありません」

ふたごが口をとがらせたとき、妖精《ようせい》がさけびました。

「思い出した！　思い出した！　この森にきてからのこと、ぜんぶ思い出した！」

さけびながらくるくると飛《と》びまわったので、光の粉《こな》がいっぱい飛《と》びちりました。

「よかったじゃないか！」

ポットさんがいうのに重《かさ》なって、パセリがたずねました。

「ね、どうしてわたしたちのところにきてくれなかったの？」

セロリも続《つづ》けました。

「ほら、湖《みずうみ》の島《しま》にいたんだけど」

妖精《ようせい》は音楽のように笑《わら》いながら、天井《てんじょう》近くまで飛《と》びあがりました。からだが明るく光るので、部屋《へや》が暗《くら》くなっていることがわかりました。すうっとテーブルの上におりると、テーブルの上を歩きながら、ふたごにいいました。

「いちばんはじめにあなたたちのところへ行ったの。でもあなたたちはのぞみのものがくるくる変《か》わるから、ひとつの姿《すがた》になれなかったのよ。ひとつのことを考えてもらわないと、うまくいかないのよね」

スミレさんが、やっぱりね、という目でふたごを見たので、ふたごはほっぺたをふくらませました。

妖精《ようせい》がテーブルの上にいるので、みんなもそちらに移動《いどう》しました。そして、いすにすわりました。ポットさんとトマトさんは、ランプに火をつけてまわりました。部屋《へや》が明るくあたたかい感《かん》じになりました。フーも自分の気持《きも》ちで変身《へんしん》できたし、この森にきてからのことも思い出せました。あとは自分がフーだということを思い出せればいいのです。

ところが妖精《ようせい》は、熱心《ねっしん》に思い出そうとしているようには見えませんでした。ことさらにかわいいポーズをとりながら、長いテーブルをはしからはしまで歩き、ならんでいる皿《さら》やカップをとびこしたり、鍋《なべ》しきの上にすわってみたりしました。遊《あそ》んでいるようにも見えました。トワイエさんは、エヘンとせきばらいをして、妖精《ようせい》の注意《ちゅうい》をひいてから、話しはじめました。

「さあ、いいですか。きみは、ですね、おばあさんとくらしていた。おばあさんに、そう、育《そだ》てられた、ということを、おぼえていますか？」

「おばあさん？」

妖精《ようせい》はかわいく首をかしげました。おぼえていないのです。

ポットさんが続《つづ》けました。

「おばあさんは、うまれてまもないきみを助《たす》けてくれたんだ。とてもかわいがって育《そだ》ててくれたんだよ。そのおばあさんがひとりぼっちでさびしがっているもんだから、きみがおばあさんの息子《むすこ》さんや娘《むすめ》さんの姿《すがた》になって、なぐさめたんだろ？」

「まあ、親切《しんせつ》」

妖精《ようせい》は、ひとごとのようにいいました。

トワイエさんとポットさんは、かわるがわる、バーバさんから手紙がきたこと、フーがどのようにして自分を見失《みうしな》っていったのか、このままではどういうことになるのか、といったことを説明《せつめい》しました。妖精《ようせい》はちゃんと話をきいているのか、いないのか、砂糖《さとう》つぼに腰《こし》かけたり、ジャムのびんに姿《すがた》をうつしたり、気を散《ち》らしてばかりいるように見えました。

ポットさんが、そういう妖精《ようせい》の態度《たいど》を愉快《ゆかい》に思っていないことは、スキッパーにも、ポットさんのことばの調子《ちょうし》でわかりました。

トマトさんがたずねました。

「フーだったこと、思い出せないの？」

妖精《ようせい》は、つまらなさそうな顔で、首をかたむけて肩《かた》をすくめました。ポットさんがすこし強い調子《ちょうし》でいいました。

「あのね、みんな、きみのことを心配《しんぱい》してるんだよ。きみは、自分がフーだってことを思い出さなければ、よくないことになるんだよ。ひとつ、しんけんに思い出してみてはどうかな」

妖精《ようせい》は、両手《りょうて》を腰《こし》にあて、くいっとあごをあげてポットさんを見ました。光の粉《こな》がぱらぱらっと飛《と》び散《ち》りました。

「わたしのこと、わるいみたいにいわないでよ！　思い出せないのはしかたないじゃない！　今の話じゃ、わたしはただひとを喜《よろこ》ばせただけじゃない！　ひとを喜《よろこ》ばせたんだからいいじゃない！」

「フー、それはちがうわね」

スミレさんにフーと呼《よ》ばれて、妖精《ようせい》はすこし顔をしかめました。

「ひとを喜《よろこ》ばせただけっていうけど、ひとを喜《よろこ》ばせるのがいつもいいこととはかぎらないわ。あなたのためにも、そのひとのためにもね。それが、いいことかわるいことか考えなければいけないわ。だからそれを考えられるように、自分をとりもどすことが必要《ひつよう》なのよ」

「だから、どうしたらとりもどせるのよ！　どうしたら昔《むかし》のことを思い出せるっていうのよ！」

とげとげしたふんいきをやわらげるように、トワイエさんがいいました。

「あ、もう、ちょっぴり、とりもどしてますよね。ほら、自分の力で妖精《ようせい》になれましたね、ええ。それから、この森にきてからのことも、そう、思い出せた。それに、ホタルギツネのときは、んん、心の底《そこ》からホタルギツネでしたが、ああ、いまは、心の底《そこ》から妖精《ようせい》ってわけじゃないですね。そう、フーの心が、すこしあるんじゃないですか」

せっかくトワイエさんが元気づけてくれているのに、妖精《ようせい》は、ふたごにうけているのに気をよくして、スプーンにうつった顔をゆがめて遊《あそ》んでいます。ポットさんはだまっていられません。

「ふざけてる場合じゃないだろ。きいてるのかい!?」

「ああ、うるさいわね！　ほっといてよ！」

妖精《ようせい》が光の粉《こな》をふりまいてそういうと、トマトさんがあきれました。

「まあ！　態度《たいど》のわるい妖精《ようせい》ね！」

妖精《ようせい》は、きっ、とトマトさんを見ました。

「しかたないでしょ！　ドーモさんがこういう性格《せいかく》の妖精《ようせい》をのぞんだのよ！」

何人《なんにん》かが、ぽかっと口をあけました。

「ドーモさんが……！」

だれかがささやき声でいいました。のどをならしてつばをのみこんだひともいます。口をきいたのは、やっぱりふたごです。

「こりはびっくり！」

「こりはしゃっくり！」

「しんじられない！」

「ドーモさんが！」

みんながあんまりおどろいたので、妖精《ようせい》はきげんがよくなりました。

「ドーモさんたら、おもしろいのよ。心の正しいひとだけに妖精《ようせい》が見えるって……」

トワイエさんが手をふって、立ちあがりました。

「は、は、話さないで！ それは、ひとの日記をかってに読むのと、そう、同じです！ ドーモさんときけば、んん、もうその姿《すがた》も見ないほうが、いい。ちがう形に、なってください」

「あなたたちがなってくれっていったから、なってあげたのに……」

「もうだめです。この森で変身《へんしん》した姿《すがた》は、ん、だめです」

きっぱりと首をふるトワイエさんに、妖精《ようせい》は口をとがらせました。

「この森でのことしか思い出せないんだもの、しかたないじゃないの」

「しかし……」

トワイエさんのことばがとぎれたとき、ふと思いついた、というようにトマトさんがいいました。

「この森には、どんな姿《すがた》できたの？」

「そうだ！」ふたごが続《つづ》けました。「それになってみたらいい！」

「それになれば、その前の姿《すがた》も思い出せるかも」

「その前の姿《すがた》になれば、その前の前の姿《すがた》も思い出せるかも」

「ずっと前まで行けるかも」

「フーの気持《きも》ちのときまで、もどれるかも」

「すばらしい」ポットさんがさんせいして、妖精《ようせい》にたずねました。「この森には、どんな姿《すがた》でやってきたんだい？」

「シカ」

と、妖精《ようせい》はこたえました。

「そりゃ森のなかをやってくるにはつごうがいいな」

ポットさんがうなずき、トワイエさんが続《つづ》けました。

「それは、自分でシカになろうと、その、思ったんですか？」

「ううん、たしか女の子が、シカに会えればいいなあって思ったんだったと思う」

「シカの前はなんだい？」

妖精《ようせい》は首をひねりました。

「シカになればわかると思う」

「そう、シカになれば思い出せる」

ふたごがいきおいこんでいいました。

「シカになるところが見たいんでしょ」

妖精《ようせい》がふたごにいうと、ふたりは顔を見あわせました。

「でも、やってみる」

妖精《ようせい》は、光の粉《こな》をまいて飛《と》びあがると、広い床《ゆか》のほうへ行きました。床《ゆか》にまいお

りた瞬間《しゅんかん》、立派《りっぱ》なシカがあらわれました。

そのどうどうとした姿《すがた》に、みんなはいすから立ちあがりました。

「そ、その前は、なんだったんでしょう」

トワイエさんがたずねると、シカはすこし考えて、男の子になりました。

「思い出せるじゃないか」

「そう、さかのぼっていけそうです、ええ」

ポットさんとトワイエさんが小声をかわしてうなずきあいました。

その前の姿《すがた》は、なんとトランクでした。その前は、その前はとさかのぼると、男のひと、旅姿《たびすがた》のひと、大きな魚、おじいさん、ネコ、と変《か》わってそのあと女のひとになったとたん、とつぜん悲鳴《ひめい》をあげました。そして妖精《ようせい》にもどり、床《ゆか》にうずくまって泣《な》きはじめました。

はっと、トマトさんが息をのみました。そして妖精《ようせい》に近づくとしゃがみました。

「フー、ごめんなさい。思い出したくない姿《すがた》があったのね」

そうだった、とみんなは顔を見あわせました。トワイエさんがつぶやきました。

「そういうことが、あったから、心を、んん、閉《と》ざしたんですね」

ふたごがトマトさんの横《よこ》にいきました。

「妖精《ようせい》でいいと思う」

「そう、妖精《ようせい》でいい」

ポットさんはためいきをついて、いすに腰《こし》をおろしました。

「途中《とちゅう》を飛《と》びこえて、いっきにもとの自分にもどる方法《ほうほう》はないのかね」

みんながだまりこんで、妖精《ようせい》のしゃくりあげる声だけが、きこえました。

スキッパーは、ホタルギツネがにせものだとしったときは、悲《かな》しくて、胸《むね》のなかに氷《こおり》のかたまりができたような気分でした。けれど、いつのまにか、なんとかフーに自分自身《じしん》をとりもどしてほしいと思う気持《きも》ちのほうが、強くなっていました。でもどうしたらいいのか、まるでわかりません。

妖精《ようせい》のしゃくりあげる声がきこえなくなったとき、トマトさんが、ゆっくりと静《しず》かな声で語りかけました。

「いい？　フー。おばあさんがいたの。あなたに食べるものをくれたわ。のみものもくれた。寒《さむ》い夜はあなたをだいてあたためてくれた。あなたとおばあさんはいつもいっしょ。雨の日はおばあさんといっしょに雨の音をきいたわ。風の日は風の音をきいたの。風の音がおそろしい夜は、だいじょうぶといってくれた」

ことばがとぎれたところで、スミレさんが続《つづ》けました。やはり静《しず》かな声で、ゆっくりと。

「その村はホェア村といったわ。おばあさんは村はずれにすんでいたの。ひとりでね。あなたを、自分の子どものようにかわいがってたのよ」

トマトさんとスミレさんが目と目でうなずきあいました。

「きみが、小さな姿《すがた》になっているとき」トワイエさんもくわわりました。「んん、きみを、そう、ポケットにいれて、外へ出かける、そういうこともあったんです。きみは、ポケットから、外のようすを、ん、のぞいて見ていたんでしょうね」

ふたごも続《つづ》けます。

「家が村はずれだから、森とか林とか見えたはず」

「牧場《ぼくじょう》とかあって、羊《ひつじ》がいたりする」

「きっと川とかも見えたはず」

「橋《はし》がある」

「畑《はたけ》もある」

「家がある」

「お店がある」

「しっているひとがあいさつする」

「おばあさんが買いものをする」

「それをポケットから見る」

トマトさんがやわらかな声で、

「夜おそく、まっくらやみ、あなたが目をさましてしまうこと

もあったと思うわ」

ポットさんが続《つづ》けます。低《ひく》い声で。

「おばあさんは、ねむくても起《お》きてくれるんだね。まっくらだ。おばあさんは、ろうそくに火をつける」

トワイエさんが、

「マッチをする音。おばあさんの顔がうかびあがる。うん、たったひとつのあかりを、おばあさんが持《も》ってはこぶと、そう、家のなかの机《つくえ》やいすの影《かげ》が、ああ、床《ゆか》や壁《かべ》にそって動《うご》くんですね」

ちょっと間があって、トマトさんが、

「そうやって、あなたといっしょにくらしていたおばあさんが、病気《びょうき》になったの。おばあさんは娘《むすめ》さんに会いたいなあって、思ったわ。あなたは、娘《むすめ》さんになってあげた」

パセリが、

「おばあさんがよろこぶ話をした」

セロリが、

「おばあさんがよろこぶ食べものをつくった」

ポットさんが、

「そうじもした。せんたくもした」

トマトさんが、

「おばあさんはよろこんだ。そうよね」

みんなの語りかけに、スキッパーの心のなかには、おばあさんや娘《むすめ》さんの顔はわからないまま、はっきりとその情景《じょうけい》がうかんでいました。そして、言おうと思ってはいなかったのに、ことばが、スキッパーの口から出ていました。静《しず》かな声で。

「フーにおもどり。おまえのなりたい形におなり」

そのとたんでした。妖精《ようせい》は女の子の姿《すがた》になり、横《よこ》でしゃがんでいたトマトさんとふたごはびっくりしてころんでしまいました。女の子は毛糸で編《あ》んだぼうしをかぶっていて、おぼえていたことばをなぞるように、つぶやきました。

「いいえ、かあさん、これが、わたしのなりたい形なの」

そして、息《いき》をのんで、まわりを見まわしました。

「どうしてわたし、ここにいるの？」

「飛《と》びこえた！　もどったんだ！」

ポットさんがささやくような声でいいました。

「ここは、その……」

トワイエさんが説明《せつめい》しようとすると、女の子は自分でわかりました。

「そうだ。わたし、この森にきたんだ。でも、なぜ、この森にきたんだろ」

「それは、その、おばあさんが……」

女の子はまわりのひとの心を読んでるというよりは、自分で思い出しているように見えました。

「おばあさん、いいえ、かあさんだ。かあさんが死《し》んだんだ。それで、わたし、家を出たんだ。だれかにのぞんでほしかったんだ。それで、わたし、つぎつぎに……」

女の子の目が空中をただよったかと思うと、その姿《すがた》が、ぱっ、ぱっと変《か》わりはじめました。黒いぼうしの男のひと、白い服《ふく》のあかちゃん、ガウンのおじいさん、大きなうす茶のイヌ、踊《おど》り子、スコップを持《も》った青年、ひらひらのついた晴《は》れ着《ぎ》の女の子、半ズボンの少年……。すこしずつ変身《へんしん》の時間が短《みじか》くなり、その表情《ひょうじょう》が苦《くる》しそうになっていき、短《みじか》くうめく声や悲鳴《ひめい》がまざりはじめました。

「やめて！　やめなさい！」

トマトさんがさけびました。スミレさんとスキッパーが同じことばをさけんでいました。

「フーにおもどり！　おまえがなりたい形におなり！」

フーは、毛糸で編《あ》んだ丸《まる》いぼうしをかぶった若者《わかもの》の姿《すがた》になって、肩《かた》で息《いき》をし、よろめきながら立っていました。そして、力をふりしぼって笑顔《えがお》になって、つぶやきました。

「いいや、かあさん、これがぼくのなりたい形なんだ」

そして目から涙《なみだ》をこぼしました。

トマトさんがいすを持《も》ってきて、だきかかえるように若者《わかもの》をすわらせました。

「そうだったのね」

スミレさんがひとりごとのようにいいました。

「そういって、おばあさんののぞむ形に変身《へんしん》し続《つづ》けるフーに、なっていったのね」

みんなだまりこんで、動《うご》きませんでした。

スキッパーは、だれにともなくたずねました。

「これで……、フーは、自分をとりもどせたの？」

すこし間があって、トワイエさんがいいました。

「ええ、いま、とりもどしはじめた、と、うん、いうところじゃないかな」

「じゃ、よかったんだね」

スキッパーがたずねると、やはりすこし間をおいて、トワイエさんは、うなずきました。

「ええ、そう、よかった、と思いますよ」

ポットさんが若者《わかもの》にたずねました。

「きみは、自分がフーだとわかるかい？」

若者《わかもの》はゆっくり、何度《なんど》もうなずきました。そしてつぶやくようにいいました。

「ひとの心なんて、読めなければよかった」

「（読めてみたいよね）」

「（読めればたのしいよね）」

ふたごが小声でいいあい、スミレさんが若者《わかもの》にいいました。

「それはちがうわ、フー。ひとの心を読むことで、ひとのやさしさや悲《かな》しさをしることもできる。それはあなたの心を美《うつく》しくするわ」

若者《わかもの》はスミレさんの顔をじっと見、それからうなだれました。

「じゃあ、変身《へんしん》なんてできなければよかったんだ」

「（変身《へんしん》してみたいよね）」

「（変身《へんしん》できればたのしいよね）」

ふたごのつぶやきに重《かさ》なって、トマトさんがいいました。

「あなたは、おかあさんをなぐさめることができたじゃないの」

「そうです」トワイエさんも大きくうなずきました。「心を読めて、そう、変身《へんしん》ができる、それが、フーなんです。ただ、自分の、ですね、気持《きも》ちをしっかりと持っていること。そうすれば、だいじょうぶですよ、ええ」

どういえばフーを力づけられるかと、みんながすこしだまりこんだとき、ギーコさんが大きなためいきをつきました。

「心を読むっていうので思い出したんだが」といいだしたギーコさんを、みんなは見ました。「〝木目《もくめ》を読む〟っていういいかたがある。大工《だいく》の言葉《ことば》で、板《いた》を切ったり削《けず》ったりするときに、木を生《い》かすために、木目《もくめ》を読む。読みまちがえれば板《いた》は弱《よわ》くなったり、ささくれたりする。まちがえなければ、木は生《い》かされる。心だって相手《あいて》を生かすように読めばいいんじゃないかな」

そこですこしだまって、こんどは小さなためいきをついてから、続《つづ》けました。

「フー、キキィになったのをおぼえてるだろ。人形の」

「(キキィ!?)」

「(人形!?)」

「(ギーコさんがのぞんだ!?)」

「(変《へん》!)」

ギーコさんはふたごの声がきこえなかったみたいに続《つづ》けました。

「あのときは、びっくりしたよ。でも、あれは、ぼくのためにはいいことだったと思うんだ」

若者《わかもの》はギーコさんを見て話をきき、ゆっくりうなずきました。けれど考えることがいっぱいあるせいでしょう、やはり目を床《ゆか》に落《お》としました。

トマトさんは若者《わかもの》の肩《かた》に手をおきました。

「ちゃんと火にかかっていれば、いつか鍋《なべ》は煮《に》えるわ。だいじょうぶよ。ところで、うちの鍋《なべ》も十分すぎるくらいあたたまっているわ。そろそろ食事《しょくじ》にしましょう」

8

鍋《なべ》はあたたまっている

いくらみんながさそっても若者《わかもの》の姿《すがた》のフーは、食事《しょくじ》はえんりょする、ひとりになって考えたい、考えながら北の森にもどる、といいはりました。

みんなは無理《むり》にひきとめないことにしました。

ランタンを持《も》って行くようにポットさんがすすめると、

「だいじょうぶです」

と、右手をのばしました。すると、そこに火のついたランタンがあらわれました。

玄関《げんかん》のドアの外で、みんなは見送《みおく》ることにしました。

「元気でね」

トマトさんがいうと、若者《わかもの》はうなずきました。

「ありがとうございました。手紙を出してくれたバーバさんにも、ありがとうございましたとおつたえください」

行ってしまうんだ、とスキッパーは思いました。それにしてもすごい一日だったな……、ホタルギツネと出会ったところからはじまって……。もういちどホタルギツネの姿《すがた》に、なってくれないかな。こんどはもう悲《かな》しくはならないから……。

スキッパーがそう思ったとき、若者《わかもの》のやさしい目がスキッパーをとらえました。

「ほんとうに？」

と、若者《わかもの》はいいました。まわりのみんなは、なんのことだろうと思いました。スキッパーはうなずきました。次《つぎ》の瞬間《しゅんかん》、ランタンを持った若者《わかもの》は、しっぽを光らせたキツネになっていました。みんなは「え!?」と、ホタルギツネとスキッパーを見くらべました。

スキッパーは、にっこり笑いました。

「ありがとう。フー」

「そうか」ホタルギツネは目を細《ほそ》めました。「こういうことか」

そして、

「じゃ、あばよ」

と、いって、歩きはじめました。やみのなかにしっぽの光だけが見えるようになったとき、ホタルギツネが自分にいっている声がきこえました。

「フーにおもどり。おまえがなりたい形におなり」

光がふっと消《き》えました。フーがどんな形になったのか、わかりませんでした。

テンニョノマイタケのスープには、だれもが感心《かんしん》しました。

今までに食べたりのんだりした何《なに》にも似《に》ていません。かおりには独特《どくとく》のこうばしさがあって、口にふくむとやわらかくやさしい味《あじ》がとろりと広がります。いっしょに煮《に》こんだほかのきのこやジャガイモも、なんともいえない味《あじ》になっているのです。

「やっぱり、無理《むり》にでも食べさせてあげたほうがよかったんじゃないか、って気がしてくるわね。こんなにおいしいんだから。おいしいものを食べれば、考えもいいほうに行くものよ」

と、トマトさんがいいました。

ほんとうに、おいしいスープでした。

でも、みんなは、口々に「おいしいね」といいあったあとは、あまり話をせずにスプーンを口に運《はこ》びました。それぞれに考えたいことがあったのです。

湯《ゆ》わかしの家の窓《まど》のあかりが、こそあどの森に静《しず》かにもれています。

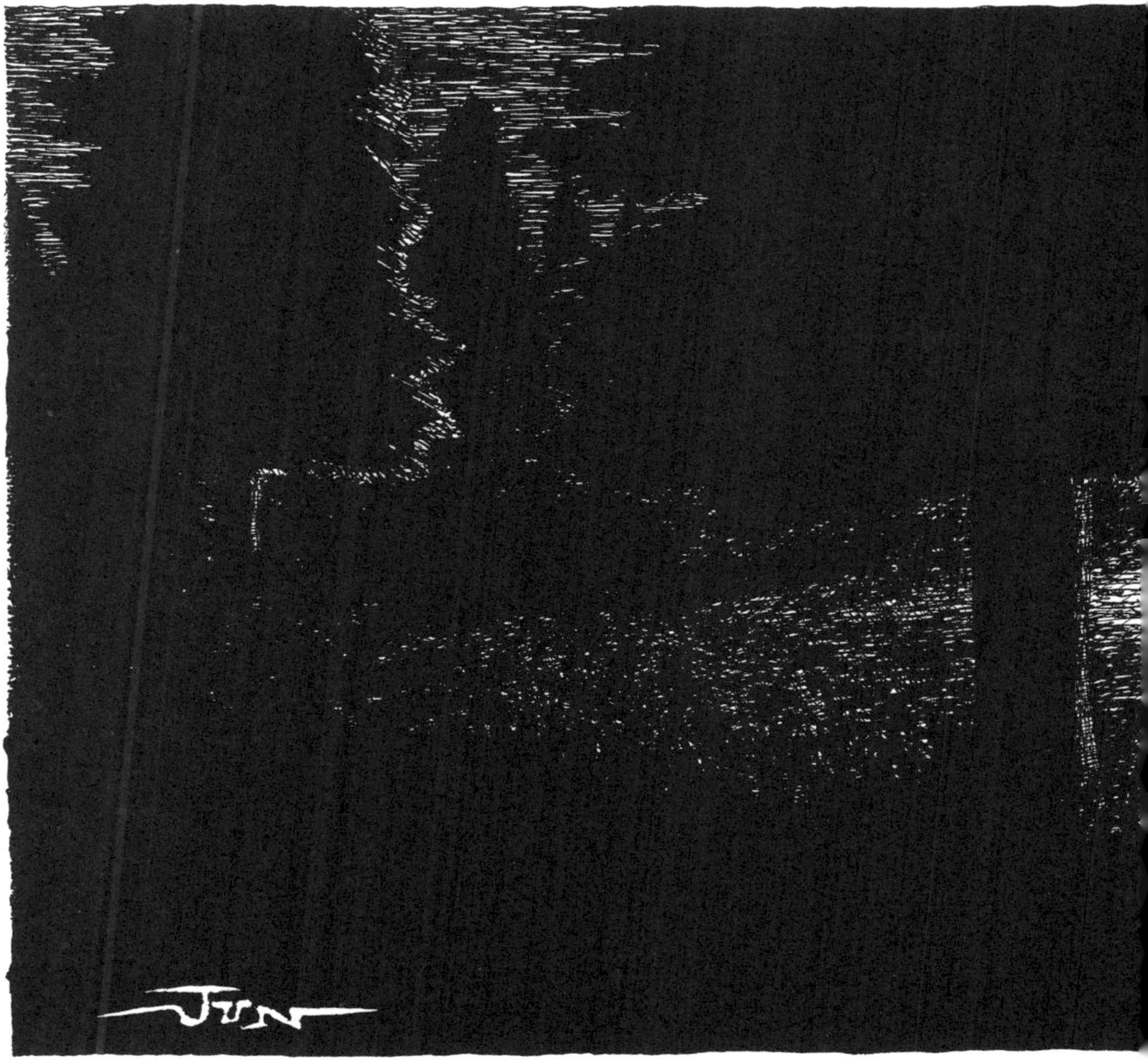
JUN

岡田 淳（おかだ・じゅん）
1947年兵庫県に生まれる。神戸大学教育学部美術科を卒業後、
38年間小学校の図工教師をつとめる。
1979年『ムンジャクンジュは毛虫じゃない』で作家デビュー。
その後、『放課後の時間割』（1981年日本児童文学者協会新人賞）
『雨やどりはすべり台の下で』（1984年産経児童出版文化賞）
『学校ウサギをつかまえろ』（1987年日本児童文学者協会賞）
『扉のむこうの物語』（1988年赤い鳥文学賞）
『星モグラサンジの伝説』（1991年産経児童出版文化賞推薦）
『こそあどの森の物語』（1～3の3作品で1995年野間児童文芸賞、
1998年国際アンデルセン賞オナーリスト選定）
『願いのかなうまがり角』（2013年産経児童出版文化賞フジテレビ賞）
など数多くの受賞作を生みだしている。
他に『ようこそ、おまけの時間に』『二分間の冒険』『びりっかすの神さま』『選ばなかった冒険』『竜退治の騎士になる方法』『きかせたがりやの魔女』『森の石と空飛ぶ船』、絵本『ネコとクラリネットふき』『ヤマダさんの庭』、マンガ集『プロフェッサーPの研究室』『人類やりなおし装置』、エッセイ集『図工準備室の窓から』などがある。

こそあどの森の物語⑦
だれかののぞむもの

NDC913
A5判　22cm　180p
2005年2月 初版
ISBN4-652-00617-9

作者　岡田 淳
発行者　内田克幸
発行所　株式会社 理論社
〒101-0062　東京都千代田区神田駿河台2-5
電話　営業 03-6264-8890
　　　編集 03-6264-8891
URL　https://www.rironsha.com

2020年4月第11刷発行

装幀　はた こうしろう
編集　松田素子

岡田　淳の本

「こそあどの森の物語」

●野間児童文芸賞
●国際アンデルセン賞オナーリスト

～どこにあるかわからない“こそあどの森”は、かわったひとたちが住むふしぎな森～

①ふしぎな木の実の料理法《りょうりほう》
スキッパーのもとに届いた固い固い“ポアポア”の実。その料理法は…。

②まよなかの魔女《まじょ》の秘密《ひみつ》
あらしのよく朝、スキッパーは森のおくで珍種のフクロウをつかまえました。

③森のなかの海賊船《かいぞくせん》
むかし、こそあどの森に海賊がいた？　かくされた宝の見つけかたは…。

④ユメミザクラの木の下で
スキッパーが森で会った友だちが、あそぶうちにいなくなってしまいました。

⑤ミュージカルスパイス
伝説の草カタカズラ。それをのんだ人はみな陽気に歌いはじめるのです…。

⑥はじまりの樹《き》の神話《しんわ》
ふしぎなキツネに導かれ少女を助けたスキッパー。森に太古の時間がきます…。

⑦だれかののぞむもの
こそあどの人たちに、バーバさんから「フー」についての手紙が届きました。

⑧ぬまばあさんのうた
湖の対岸のなぞの光。確かめに行ったスキッパーとふたごが見つけたものは？

⑨あかりの木の魔法《まほう》
こそあどの湖に恐竜を探しにやって来た学者のイツカ。相棒はカワウソ…？

⑩霧《きり》の森となぞの声
ふしぎな歌声に導かれ森の奥へ。声にひきこまれ穴に落ちたスキッパー…。

⑪水の精《せい》とふしぎなカヌー
るすの部屋にだれかいる…？　川を流れて来た小さなカヌーの持ち主は…？

⑫水の森の秘密《ひみつ》
森じゅうが水びたしに……原因を調べに行ったスキッパーたちが会ったのは…？

扉《とびら》のむこうの物語　●赤い鳥文学賞
学校の倉庫から行也が迷いこんだ世界は空間も時間もねじれていた…。

星モグラ　サンジの伝説《でんせつ》　●産経児童出版文化賞推薦
人間のことばをしゃべるモグラのサンジ。空をとび水にもぐる英雄の物語。